Dario Fo

Morte accidentale di un anarchico

〔意〕达里奥·福 著

吕同六 译

一个无政府主义者的意外死亡

上海译文出版社

本剧于一九七〇年十二月十日在米兰克雷塔街的卡帕诺内剧院首演。本书是达里奥·福作品一九七〇年版的最终版。近日,导演费尔南多·布吕尼和埃里奥·德·卡皮塔尼又将它搬上舞台。

剧中人物

（按出场顺序）

贝托佐警长

疯子

警察甲

穿运动夹克的警长

警察乙

警察局长

女记者

胡子男

第一幕

第一场

［米兰中央警察局一间普通的办公室。一张写字桌，一个文件柜，几把椅子，一台打字机，一部电话，一扇窗子，两扇门。疯子身边有一只硕大的背包。

舞台上，警察甲和贝托佐警长正在审问一名男子——疯子。

贝托佐警长 （翻阅案卷，把身子转向神态自若地坐着的疯子）啊，这么说来，你可不是头一回乔装打扮。这档案上说，你曾经两次冒充外科医生，一次自称狙击兵军团的上尉……三次伪装大主教……一次自称造船工程师……你总共被逮捕过六次，噢，等一等……两次，三次，五次……另外还有一次，三次，两次……对，总共被逮捕过十一次……这是第十二次……

疯　子　没错，第十二次被捕……不过，我提请您注意，警长先生，我可从来没有被判过刑……我是清清白白的，档案上没有任何犯罪记录！

贝托佐警长　嗯，我真弄不明白，你是要弄什么花招得以漏网的……不过你放心，这一回，我可要玷污你的档案，把你的犯罪记录留下，我敢发誓。

疯　子　好吧，我理解您，警长先生。玷污一个清清白白的人的档案，确实是够刺激的……

贝托佐警长　我会把这件事办得生动有趣……这儿的一份指控，说你冒充精神病科医生，曾经是帕多瓦大学教授……你可知道，招摇撞骗要蹲大牢的！

疯　子　是的，招摇撞骗是一个健康人的所作所为。但我是一个精神病患者，医生确诊的精神病患者……请看，这是临床诊断证明。我曾经十六次住院接受治疗……都是出于相同的原因：我得了一种怪毛病，时时改变自己的身份，医学上叫作演员狂症。我喜欢不断地扮演形形色色的人物，简直到了痴迷的地步。不过，我追求的是真实可信的戏剧，因此我的剧团里的演员，必须全是实实在在的人，不会装腔作势地演戏……只可惜我两手空空，没法儿付给他们报酬，我向戏剧旅游部申请资助，但我没有政治靠山……

贝托佐警长 还有，你冒充精神病科医生，每次看病收费两万里拉……

警察甲 （站在疯子背后）天哪，真宰人！

疯　子 对于一位从事精神病医学十六年，并受人尊敬的医生，这样的收费是正常的。

贝托佐警长 可是你，你什么时候跟精神病科打上交道的？

疯　子 我先后在十六家精神病院，对上千个像我这样的精神病患者，日复一日……甚至夜以继日，进行了长达二十年的研究；跟别的医生不一样，我和精神病患者睡在一起……甚至头靠头，脚靠脚，因为医院里总是缺少病床。

有人为一个精神分裂症患者控告我，不管怎么说，您不妨了解一下，我是不是给这可怜的患者作了一次再完美不过的诊断。

贝托佐警长 那两万里拉也是再完美不过的！

疯　子 警长先生……我是为他好，不得不收下的！

贝托佐警长　噢，为他好？这也是一种治疗手段么？

疯　子　正是这样……如果我不接受他的两万里拉，您想，那可怜的病人，尤其是他的亲属会满意吗？如果我只收五千里拉，他们定会心里嘀咕："这家伙不怎么样，也许压根儿不是个教授，可能刚从医学院毕业，初出茅庐。"相反，我的要价一高，他们就会大吃一惊：这医生是何许人也？怎么如此了得？……他们就会像过复活节似的，高高兴兴地回去……甚至激动得要亲吻我的手……"多谢了，教授！"……他们激动得泣不成声。

贝托佐警长　真该死，你的叙述太动人了……

疯　子　可我不是个会吹牛皮的人，警长先生！连弗洛伊德都说过，昂贵的账单，无论对于医生还是病人，都是最有效不过的一剂良药。

贝托佐警长　我想，不管怎么说，你看一眼这份介绍材料和你开的处方，如果我没有弄错，上面写着：安东尼奥·拉比教授。精神病学家，曾任职，帕多瓦大学兼职教授……等等，你这怎么向我解释呢?!

疯　子　首先，我是个名符其实的教授，绘画教授，……在救世主夜校教装饰绘画和写意绘画……

贝托佐警长　很好……祝贺你！可这材料上说：精神病学家！

疯　子　您很能干，可那儿有一个句号。您懂句法和标点符号吗？好生看着：安东尼奥·拉比教授。句号。然后是大写的精神病学家。请您注意，我用精神病学家这个头衔毫无吹嘘的意思。这就跟说我是心理学家、植物学家、美食家、关节炎患者是一个意思。您懂意大利语，还有意大利语法吗？懂？嗯，那您应当明白，如果有人说他是考古学家，那就好比说他是贝加莫市人一样，并不意味着有多高深的学问！

贝托佐警长　那么，“曾任职帕多瓦大学兼职教授”呢？

疯　子　我很遗憾，这一回可是您在撒谎。您方才对我表示，您懂得意大利语、句法和标点符号，可现在您却现了原形，竟然不会正确地阅读……

贝托佐警长　我不会阅读什么……

疯　子　那您没有瞧见“曾任职”后面有个逗号？

贝托佐警长　嗯，不错……是有个逗号，你说得对，我没有留神。

疯　子　啊，我说得对！……“我没有留神”。那么，您竟然借口您“没有留神”，要把一个无辜者送去蹲大牢？

贝托佐警长　您确确实实是个精神病患者……（不知不觉改用“您”称呼他）这跟逗号有什么相干？

疯　子　对于一个对意大利语和句法一窍不通的人，毫无意义！……请告诉我，您有怎样的学历，是谁提拔您的……您真让我没脾气！……请记住，逗号是行文的关键！如果在“曾任职”后面是个逗号，整个句子的意思马上就改变了。

在逗号之后，您可以喘一口气……来一个语气上的短暂停顿……因为“逗号总是赋予不同的意向”。

您应当这样念：曾任职（这儿最好做一个充满讥笑意味的鬼脸……如果再发出嘲讽的嘟哝声，那就更妙）……是的，这句话正确的念法是：曾任职……（又做一个鬼脸，摇头冷笑）帕多瓦，又一个逗号，大学兼职教授……这么说吧：得了，您别再用不实之词糊弄人……您说的那一套，谁会相信呢……只有傻瓜蛋才会上圈套!

贝托佐警长 这么说我成了傻瓜蛋?

疯 子 不,您只是欠缺点儿语法知识……如果您愿意,我可以给您上几节语法课。您的学费可以优惠……咱们现在就开始吧……有好多事情要做。请您对我说说时间代词。

贝托佐警长 停止无理取闹!我现在开始相信,您的确得了演员狂症,不过,您竟然扮演起精神病人来……我敢打赌,其实您比我还要健康!

疯 子 我不敢这么说。显而易见,您的职业会导致多种精神失常的毛病……来,让我瞧瞧您的眼睛(用手指翻开他的眼皮,然后放下)。

贝托佐警长 您还有完没完!这审讯记录怎么往下做?

疯 子 如果您乐意,我用打字机来记录,我是一个领有执照的打字员,每分钟能打四十五个词汇……

贝托佐警长 站住,要不我给您铐上手铐!

疯 子 谅您不敢!要么上紧身衣[1],要么拉倒。我是一名

① 束缚疯子用的衣服。

精神病患者，如果您给我戴上手铐，《刑法》第一百二十二条规定："凡以公务人员身份给精神病患者施加非医疗性或非精神病科的强制性器具，导致患者疾病发作，可判处五年至十五年徒刑，并剥夺退休金，行政降级。"

贝托佐警长 嘿，看来您倒是精通法律！

疯　子 法律？我门儿清！我花了二十年时间钻研法律！

贝托佐警长 您钻研了三百年吧？在哪儿刻苦攻读的？

疯　子 在精神病院！您知道，在那里面用功可好着呢！有一位法院文书得了妄想症，他给我上课。此人真了不起！如今凡跟法律有关的，我无所不知：罗马法，现代法，天主教会法典……查士丁尼法典……腓特烈法典……伦巴第法典……希腊正教会法……无所不知！你不妨向我提个问题试试！

贝托佐警长 瞧您说的！我没有时间……且慢，您的履历里怎么没有提到您当过法官……或者律师？

疯　子 噢，不，律师我是永生永世不会当的。我不喜欢防卫，这是一种消极的行为；我喜欢审判……判决……镇压……迫害！我就是你们当中的一员，亲爱的警长！我们用“你”来称呼吧！

贝托佐警长 小心，疯子！你耻笑人可得谨慎点儿……

疯 子 姑妄听之吧……

贝托佐警长 那么，你是不是冒充过法官？

疯 子 不，很遗憾，我还没有得到过这样的机会。啊！我太喜欢法官了，法官是所有职业中的佼佼者！首先，他几乎永不退休……相反，一个普通人，随便一名工人，一到五十五岁、六十岁就要被打发回家了，因为他开始行动缓慢，反应迟钝，而对于法官来说，这个年龄正是官运亨通的开始。站在生产流水线或者车床旁边的工人，一旦过了五十岁，就笨手笨脚，事故不断，一切都完了，只能等着被抛弃！矿工到了五十岁，身患矽肺病……虽然手脚还利落，可在退休以前就被解雇，被抛弃！银行职员也是这般情形，到了一定的年纪，就开始弄错账目，怎么也想不起公司和个人客户的名字，想不起贴现率，想不起大名鼎鼎的比亚姆公司和萨西斯集团的信箱。得，你老朽了……像个傻瓜……走吧，回家歇着去吧！而对于法官来说，完全是另一种情形，截然不同；他们越是高龄，越是智力衰退，就越要推举他们担任高级职务，赏给他们绝对重要的位置！你瞧那些只能在卡通片里见到的老人，一个个盛装打扮，他们身穿貂皮披风，系着绶带，头戴金色条纹的圆顶大礼帽，活像威尼斯面包房里的一群伙计，摇摇晃晃，他们的脸孔好似加尔德纳河谷①的胖墩儿……两条眼镜腿用链子系着，要不说不定什么时候就掉了，而且也想不起来把它搁在哪儿了。瞧，就是这样的一群人，掌握着随时以他们喜欢的方式毁灭或者拯救某个人的权力，他们就像说“嗨，明天也许要下雨……”一样轻松地宣判别人终身监禁。判处你五十年徒刑……你，三十年……你，二十年就够了，因为你招我喜欢！他们面授机宜，专横跋扈，他们断案判决，发号施令……而且，他们是神圣不可侵犯的！因为，谁也不会健忘，在我们这儿，在沙特阿拉伯，有一条法律，谁说了法官的坏话，就会犯下

① 意大利北方著名河谷。

侮辱罪！

啊，是的，是的……法官是令我神往的职业，我多么希望一生中哪怕有一次机会扮演一下法官的角色。最高法院的法官。"阁下……请坐，安静，起立，开庭……啊哟，您掉了一块骨头……这是您的吗？不，不可能，我压根儿没有骨头！"

贝托佐警长 那么，我们该停止这些胡说八道了吧？你把我弄得晕晕乎乎了。得，坐到那儿，不许废话！（把他推向椅子）

疯　子 （歇斯底里地作出反应）唉，把手放下，要不我咬你！

贝托佐警长 你咬谁？

疯　子 咬你！咬你的脖子，还咬你的屁股！（发出咬噬的声音）如果你作出过分的反应，《刑法》第一百二十二条规定："对没有自卫能力和不能为自己的行为承担责任的精神病患者进行挑衅和施予暴力而造成伤害，判处六至九年徒刑，剥夺退休金。"

贝托佐警长 坐下，否则我要失去耐心了！（对警察甲）你像木头柱子似的戳在那儿干什么？把他弄到椅子上!

警察甲 是,长官,可他咬人!

疯　子 是的,我咬人!(发出咬人的声音)我警告你们,我正一肚子火呢。一条疯狗咬过我……一条发疯的杂种狗,咬了我半个屁股。不过,这狗东西死了,我治好了。我虽说治好了,可还会传染狂犬病。(发出狗狂吠和咬人的声音)

贝托佐警长 真倒霉,弄来的竟是一个被狗咬过的疯子!这么说,你还让不让我写这份审讯记录了?得了,乖点儿!一会儿我就放你走……我向你承诺!

疯　子 (恳求)不,别撵我走,警长先生。跟您在一起……在警察局里我觉得好极了……我获得了一种安全感。外面,大街上,充满了危险……那些人都坏透了,他们开着小汽车,喇叭按得震天响,"吱嘎"一声又突然刹车……他们还闹罢工!那些公共汽车和地铁车厢的门会突然关上(发出车门突然关上的声音)……我就被夹住了……您就让我跟您待在一起……我帮助您让别的犯罪嫌疑人……颠覆分子招供……我还有一招,给人紧急服用硝酸甘油……

贝托佐警长　够了，你……真让我讨厌！

疯　子　警长，您留下我，还是让我从窗口跳下去……我们这是在哪一层？四层……好吧，大致上是合乎标准的高度，我要跳了！我从窗口跳下去，摔在马路上，粉碎性骨折，奄奄一息，发出垂死的呻吟……因为我是敢跟死神较劲的硬汉子……我不断地哼哼唧唧……一群记者闻讯赶来，我一面哼哼唧唧，一面向他们讲述，是你们把我从窗口扔下去的！……我要跳了！（朝窗口走去）

贝托佐警长　（试图阻止他）帮个忙，阻止他！（对警察甲）把窗子关上。

［警察甲执行命令。

疯　子　那我从楼梯口跳下去。（朝门口走去）

贝托佐警长　我的天哪！现在真的该结束了。你坐下来。（把他猛地按在椅子上。对警察甲）把房门锁上……钥匙取下来……

疯　子　把钥匙从窗口扔下去……

［警察甲愣愣地朝窗口走去。

贝托佐警长　是的，扔下去！不，把钥匙放在抽屉里……把抽屉锁上……钥匙取下来……

［警察甲机械地执行命令。

疯　子　把钥匙放进嘴巴里，吞下去！

贝托佐警长　不，不……从来还没有一个人这样耍过我！（对警察甲）把这钥匙给我。（打开房门。对疯子）出去，滚……你从楼梯口跳下去……你想怎么做就怎么做……出去……我都快发疯了。

疯　子　不，警长……您不能这样做！您别滥用权力……别这样推我……我求您啦……您干吗要我出去？……我还没有到站呢！

贝托佐警长　出去！（把疯子推出门外。半掩上门）啊，终于打发掉了！

警察甲 警长先生，我想提醒您，贝拉蒂博士召开的会议得去参加……我们已经晚点五分钟了。

贝托佐警长 怎么搞的，现在几点？（看手表）我的天哪，那鬼东西把我搅得昏天黑地……我们走吧，快点儿……

［从左侧门下。疯子从方才出去的右侧门进来。

疯　子 可以进来吗……警长……我打扰您了吗？您别生气，我进来只是拿我的文件……您不理睬我？得，您别再对我板着脸孔……我们和好吧……嘿，这儿一个人也没有！那我只能自个儿拿了……（去拿）我的医疗诊断册子……我的处方簿……哎，这儿有一份指控材料……撕掉它……好，就当没这回事儿！（他拿起几页）这份材料是指控谁？（读）“严重盗窃行为……在一家药店里”……小事一桩，小事一桩……你自由啦。（撕掉这份材料）而你……出了什么事儿？（读）“非法挪用……侮辱……”鬼话连篇，鬼话……走吧，小伙子，你自由了！（撕材料）统统释放！（停下来阅读一份特殊的材料）不，你不行……你是个坏蛋……你给我留下来……（他把这份材料放在桌子上铺好，随即打开放满案卷的文件柜）所有的人都不许动……正义来临了！哼，所有这些指控材料还要它们何用？我一把火把它们统统烧掉！（拿出打火机，准备烧一袋文件，读封皮）“预审材料”。（读另一袋文件的封皮）“审讯存档材料……”

[忽然，电话铃响，疯子镇静地拿起听筒回答。

喂，这是贝托佐警长办公室，您是谁？不，很遗憾，如果您不告诉我您是谁，我就不把电话转给他……您是……警长……您就是？啊，哪里，很荣幸……您就是把别人从窗口扔下去的那个警长！不，没什么，没什么……您从哪儿打的电话？瞧，多蠢，从五层楼，那还能从哪儿?！您就对我说好了，您找贝托佐有什么事儿？不，他不能来接电话，跟我说吧。要来一名最高法院的法官？从罗马专门派来的？啊，他就像是“钦差大臣”。没错，很显然，部里不同意预审法官在归档的调查报告中申述的理由。可是您能肯定吗？哎，就我一个人，“他说”……我倒觉得很好……起初他会大吃一惊，然后就会改变主意……嗯，通过公众舆论施加压力……算了吧……公众舆论……可谁去施加压力……正好，贝托佐警长在这儿，他在大声嘲笑。（把电话听筒移开，模仿贝托佐狂笑）啊哟，啊哟！他还做一些下流的手势……啊哟！（佯装招呼贝托佐警长）贝托佐，我们五楼的一位朋友说，你尽可以随意取笑，因为你没有卷进去……但他和他的上司却遇上了麻烦……哈哈，哈哈……他说要狠狠地揍你！哈哈，哈哈……不，这一回是我在发笑！哪儿的话，我确实很高兴，局长大人要担风险了……没错，事情就是这样，您可以告诉他……“安吉亚里警长深表满意……贝托佐警长也跟他持相同的观点。”您听，他笑得多欢（把电话听筒移开）哈哈，哈哈！您听见了吗？如果他们不在乎，那谁都无所谓的……是的，您可以这么说：

安吉亚里和贝托佐警长都不在乎这些……(发出可怕的咂舌头的声音)对，是他在咂舌头。但您不必激动…… 嘿，太棒了，我们以后见面再聊吧。(变音)那么，您需要贝托佐警长的什么东西？文件？好，您说吧，我记下来：一个无政府主义者死亡的案卷副本……行，我会给您的……还有审讯记录的副本……对，对，都收在这儿的档案里……嗯，我想，您，还有大楼原先的警卫得好生准备。如果那个派来的高院法官正像传说的那样，是个无赖……什么，哪个地方这样传说？罗马。我从罗马来，不是吗？反正他们酝酿这个行动的消息从那一天就流传开来了。我当然认识这位法官了，他叫马里皮埃罗。您从来没有听说过？得，您以后会听到的。此人处理起事情来仿佛是流放了十年才回来似的……您不妨向您的刑法处头头打听一下，也许……不，如果细细琢磨，还是不去打听为好，要不他会失望的，再也高兴不起来了……哈哈！唉，您何必为区区小事上火，我的五楼上的邻居…… 在这死气沉沉的警察局里，拿一个弱者开开心也无伤大雅。

说定了，我们马上把您要的材料统统送给您。

再见……等一等，等一等！啊，贝托佐警长在这儿，他说了一件非常有趣的事儿……如果您不生气，我就告诉您……您不会生气？那好，我告诉您。他说，嗯，嗯……等那位钦差大臣、高院法官这回视察以后，他们就会把您打发到南方去，也许是卡拉布里亚区的维波瓦莱蒂亚……那儿的警察局是一座平房，警长的办公室在半地下室里……哈哈……您明白这意思吗？半地下室……哈哈，哈哈！您喜欢吗？得，下一次吧……很好……我马上转告他。（稍稍移开电话听筒）贝托佐，这位不久将成为卡拉布里亚警长的老兄说，什么时候瞧见我们俩，一定要照我们脸上揍一拳！我们俩都领您的情，饶了您（发出咂舌头的声音），挂了。

［疯子放下电话，急忙奔过去寻找材料。

（读）“呈法官先生，急件。”嘿，这倒是一个机会，向我和全世界表明，我具有渊博的学识，完全有能力打进那些号称永远正确无误、神圣不可侵犯的法官的行列……机不可失，时不再来。天哪，我怎么如此激动不安！好像是要进考场，去接受毕业考试。如果我能让他们信服，我就是那位最高法院的法官，钦差大臣……那他们还不惊慌失措得晕过去，而我要摆出一副威严的样子！不过，我要是出了差错，那就大祸临头了！得，先来找一找走路的感觉……（模仿一种略微跛行的姿势）不对，这是文书走路的样子。假设法官患有关节炎，但走路显出高贵的神态！对，就这样，脖子有点儿弯……好像一匹马戏团里退役的马……（模仿，放弃）最好还是像“滑行”，最后跳一小步。（模仿）不坏！“猪血香肠似的膝盖”？（模仿）或者是膝盖僵硬，走起路来像蝗虫似的一蹦一跳。（模仿，急速的小步，脚跟像荡秋千似的）

天哪，还有眼镜……不，什么眼镜都不要。右眼半睁半闭……就这样，看文件的时候目光斜视，言语不多……有点儿咳嗽……喔咳咳，不，一点儿也不咳嗽……脸部肌肉有点儿抽搐？到时候看吧，可有必要。说话的声音甜美圆润，略带鼻音?!面容温和，脑袋有时突然摇晃，说："不，亲爱的局长，您该收场了，您早就不是法西斯教养院的院长了……您应当时时记住这一点！"

不，换一副完全不同的形象或许更好些：表情冷漠，给人一种距离感，说话的语气威严，声音单调，略微近视的眼睛透出一丝忧郁……他戴眼镜，但使用单镜片。就这样。（他模仿着，同时翻阅案卷）

你瞧！混蛋。这就是我要寻找的文件！唉，慢着……干吗要这样失态呢？马上重新进入角色……请吧！（语调威严地）所有的文件都在这儿了吗？检查一下：米兰法院归档的指令……哼，还有对以巴莱里诺为首的罗马无政府主义小组的调查……好极了！（拿起一只大文件袋，倒过来，摇晃几下，看看是否空的，然后把所有的文件装进去）

［疯子从衣架上取下一件深色大衣，穿上；取下一

顶黑色帽子，戴上。此时，贝托佐警长上，认不出这身打扮的疯子，发愣了片刻。

贝托佐警长 您好，您有什么事儿？您找谁？

疯　子 没什么，警长，我回来取我的文件……

贝托佐警长 啊，还是你？出去！！！

疯　子 请息怒，如果您的事情很不顺心，何必在我身上撒气？

贝托佐警长 出去！（把他朝门口推去）

疯　子 我的天哪！怎么这儿的人都这么神经兮兮的？还有那个古怪的家伙，他到处找您，要撕破您的脸皮。

贝托佐警长 （顿时站住）谁到处找我？

疯　子 一个穿圆领毛衣的人，他还没有揍您一拳？

贝托佐警长 揍我一拳？

疯　子 是的，揍您！

贝托佐警长 听着，够了，你耽误了我太多的时间……请，出去吧！走开！

疯　子 永远走开？（做告别的飞吻。见警长发怒）好吧，我同意，这就走。不管怎么说，如果您需要我帮助您出主意……因为您挺讨我喜欢的，您一看见那个五楼的邻居，您就低头弯腰，听我的！（下）

［贝托佐警长重重叹了一口气，然后走到衣架跟前，发现衣架空空的。

贝托佐警长　（追赶疯子）天知道，这个鬼东西！以装疯子为掩护，竟把我的大衣偷走了……喂，你（把刚刚进屋的警察甲截住）去追那个疯子……方才在这儿的那个家伙……他刚出去，穿了我的大衣……戴了我的帽子……也许还有袋子……那也是我的！快，在他溜掉以前抓住他！

警察甲　是，警长……（在门口站住，面朝外面，对着侧幕说道）是的……警长在这儿……请进。（又转向贝托佐警长，他正在忙乱地寻找那些被疯子撕毁的文件）

贝托佐警长　这些指控材料都上哪儿去了？

警察甲　贝托佐警长，政务警长要见您。

［贝托佐警长从写字桌前抬起头，站起身来，朝左侧幕走去。

贝托佐警长 啊，最亲爱的……正巧方才我跟一个疯子还谈起你，那疯子说……哈哈……你想吧……他竟说，你一看见我……你就会给我……（从侧幕迅速伸出一只胳膊。贝托佐被打倒在地，但他还是有力气说完这句话）一记拳头！（倒下）

［从门外闪进疯子，高声嚷嚷。

疯　子 我对他说了，要低头弯腰！

［暗场。黑暗中响起音乐声，很可能是喜剧演员入场的滑稽可笑的进行曲。音乐播放的时间足以完成换景。

第二场

［灯光再次照亮舞台，呈现于我们眼前的是同前场相似的一间办公室。室内陈设大致相同，只是摆放不同。办公室深处的墙上挂着一幅颇大的共和国总统的肖像。一扇打开的窗子特别引人注目。疯子已经出现在舞台上，直挺挺地站着，脸孔朝着窗子，背对着门。少顷，一名穿运动夹克和圆领毛衣的警长上场。

穿运动夹克的警长　（低声问一动不动地站在门旁的警察乙）这个人是谁？他来干什么？

警察乙　不知道，警长。他进来的时候那副派头……好像是个了不起的大人物。他说要跟您和局长谈谈。

穿运动夹克的警长　（始终不停地按摩右手）啊，您想谈谈？（恭敬地走到疯子跟前）您好，有什么事吗？他们告诉我，说您要见我。

疯　子　（不动声色地瞧着他，只是用手略略脱一下帽子）

您好。（打量警长仍在按摩的右手）您的手怎么啦？

穿运动夹克的警长　喔，没什么……您是谁？

疯　子　没什么？那干吗要按摩？这样莫非是要装腔作势，还是一种坏习惯？

［穿运动夹克的警长开始显出不耐烦的神色。

穿运动夹克的警长　也许是……我方才已经问过您，我有幸跟谁在谈话？

疯　子　我曾经认识一位大主教，他也喜欢像您一样按摩。他是一位耶稣会士。

穿运动夹克的警长　是我弄错了，还是您……！？

疯　子　（丝毫不予理会）您应当去看精神科医生。不停顿地按摩，完全是一种优柔寡断……犯罪感……并且是性饥渴的征兆。也许您跟女人发生了什么麻烦？

穿运动夹克的警长　（发火）哼，那您就说下去！（用拳头捶桌子）

疯　子　（指着他的动作）冲动！瞧，这是新的证据！您就说实话，这不是什么坏毛病……将近一刻钟以前，您揍了某个人一拳，您坦白！

穿运动夹克的警长　什么，我坦白？最好还是您来告诉我，我有幸在跟谁说话……另外，劳驾您脱下帽子！

疯　子　您说得对。（故意缓慢地脱帽）不过，请相信我，我戴着帽子并非出于无礼……只是害怕这敞开的窗子，脑袋受不了穿堂风。您不怕，是吗？听我说，可以把窗子关上吗？

穿运动夹克的警长　（冷淡地）不，不行！

疯　子　我忘了自我介绍：我是马可·马利亚·马里皮埃罗教授，最高法院的首席顾问……

穿运动夹克的警长　法官？……（几乎茫然失措）

疯　子　曾任职……曾任职，罗马大学兼职教授。我说了两个“曾任职”，在第二个“曾任职”后面有个逗号。

穿运动夹克的警长　（紧张而慌乱）我明白……

疯　子　（咄咄逼人，嘲讽地）您明白什么？

穿运动夹克的警长　没什么，没什么。

疯　子　正是……（继续咄咄逼人）就是说：什么也不明白！

谁向您通风报信，说我要来复查你们的审讯和存档材料的？

穿运动夹克的警长 （处于招架的境地）不过……事实上……我……

疯　子 注意，别撒谎。这件事让我恼火极了……我有一种习惯……只要有什么人对我撒谎……我这脖子上的筋……您瞧它怎么跳动……您瞧！那么，您是否知道我的到来？

穿运动夹克的警长 （尴尬不安，咽口水）是的，我知道……但没有料到您来得这么快……

疯　子 正是这个缘故，最高法院才决定把行动提前……我们也有自己的情报人员。就这样，对你们打了一个快速反击！很遗憾吗？

穿运动夹克的警长 （显得疲惫不堪）不，哪里哪里……（疯子用手指着自己脖子上跳动的筋）……喔，是的……是很遗憾。（向疯子指着一把椅子）请坐，把帽子递给我吧……（去接他的帽子，随后又改变主意）也许您喜欢戴着帽子……？

疯　子 请便，您不妨戴着它……何况这不是我的帽子。

穿运动夹克的警长 什么？（随即走向窗子）您要我关上窗子吗？

疯　子 不用，您不必麻烦了。请您把局长叫来……我想尽快开始……

穿运动夹克的警长 当然……不过，如果到局长办公室去，也许更好……更方便。

疯　子 不错，可是，无政府主义者事件是发生在这间办公室里，是这样吗？

穿运动夹克的警长 是的，发生在这儿。

疯　子 （摊开双手）那就得了！

［疯子坐下，从公文包里取出几份文件。我们发现，他还随身带了另一个很大的包，从里面取出各式各样的东西：一枚眼镜片，一只钳子，一个画线工具，一根法官的手杖……一部《刑法》。穿运动夹克的警长在房门前对警察乙附耳低语。

疯　子 （继续整理案卷）我希望，警长，当着我的面，大家始终都大声说话。

穿运动夹克的警长　是，请原谅。（向警察乙转过身去）去请局长先生尽快上这儿来，如果他能……

疯　子　即使他不能，也得来！

［穿运动夹克的警长乖乖地纠正自己。

穿运动夹克的警长　是，即使他不能，也得来。

警察乙　是，长官。

穿运动夹克的警长　（打量正在整理案卷的法官片刻工夫，看他用图钉把不止一份材料钉在窗板和衣柜上。忽然想起了什么）哎，对的……审讯材料！（抓起电话，拨号）喂，请转贝托佐警长……他上哪儿去啦？去见局长先生？（放下电话，开始拨另一个号码）

［疯子阻止了他。

疯　子　请原谅，警长，请允许我……

穿运动夹克的警长　请说，法官先生。

疯　子　您正在寻找的贝托佐警长，莫非跟复查这一案件有着某种关系？

穿运动夹克的警长　是的……嗯，也就是说……因为他掌握着全部档案材料……

疯　子　那就不必了……我这儿随身带来了全部材料……干吗还要另外一份，那能派什么用场？

穿运动夹克的警长　您说得对，派不上什么用场。

［从外面传来警察局长愤怒的声音，他像一颗炮弹似的冲上场，警察乙紧紧地追随着他。

警察局长　我说，警长，这是怎么回事，我必须上您这儿来，即使我不能来？

穿运动夹克的警长　不，局长先生，您是有道理的……不过，因为……

警察局长　因为一件屁事！什么玩意儿一下子成了我的顶头上司？我警告您，您这种蛮横无理的行为我实在不喜欢……特别是对待您的同事……走吧，要不脸上又要挨老拳了！

穿运动夹克的警长 唉，您瞧，局长先生……贝托佐没有用咂舌头的声音来嘲弄您，也没有对您说要打发您到卡拉布里亚区的半地下室去……

［疯子佯装整理他的案卷，在写字桌后面蜷缩着身子。

警察局长 得啦，别再恶作剧了……好好待着吧……所有的眼睛都盯着我们（警长冲他做手势，试图阻止他）……那些卑鄙的记者炮制了各种各样的混账消息，含沙射影……您别再给我雪上加霜……（警长向他指指正佯装局外人的假法官）啊，那个人？天哪！他是谁？记者？可您为什么不马上对我……

疯　子 （仍然注视着案卷）不，局长先生，您大可不必紧张，我不是记者……不会有那些讨厌的流言蜚语……我可以向您保证。

警察局长 谢谢您。

疯　子 我理解并且和您分担您的不安，另外，我在您之前已责备了您这位年轻的同事。

警察局长 （转向警长）是这样吗？

疯　子 我觉得，这位年轻人脾气相当暴躁，缺乏耐心，从方才你们的谈话中，我发现他甚至对咂舌头的声音有一种变态反应。您知道吗？（很亲切地把警察局长拉到身边，局长愣愣地随着他）

警察局长 不，我确实……

疯　子 （几乎对他附耳说）请听我的，局长……我像对待一位父亲那样对您说，这位年轻人需要一位很好的精神科医生……拿着，请把他带到我这位朋友那儿去……他是一位出色的医生。（把一张名片放到他手里）安东尼奥·拉比教授……曾任职，兼职教授……但注意这儿有个逗号。

警察局长 （不知如何解脱）谢谢，但请允许我……

疯　子 （顿时改变语气）当然，我当然允许您……请坐……我们现在开始……您这位同事可向您报告，我……

穿运动夹克的警长 没有，请原谅，我还来不及……（转向警察局长）这位是马可·马利亚·马里皮埃罗教授，最高法院的首席顾问……

疯　子　请别提那个“首席顾问”，我对此毫不在乎……您就说“顾问之一”，这对我就足够了！

穿运动夹克的警长　悉听尊便。

警察局长　（一时很难从突然袭击中恢复过来）阁下……我确实不知道……

穿运动夹克的警长　（试图帮助他）法官先生来这儿是为了复查那件案子……

警察局长　（突然接过话茬）啊，当然，当然，我们早就期待您的光临！

疯　子　瞧见了吗，您的上司是多么真诚？他坦诚地表明了自己的态度！您该向他学习！当然，那是另外的一代人，另外的一种作风！

警察局长　是的，另外一种作风。

疯　子　好，请允许我直截了当地对您说：您几乎是我的……这么说吧……亲人……仿佛我已经认识您许多年了。您是不是负责过某个集中营？

警察局长　（结结巴巴地）集中营？

疯　子　我说什么来啦？当过集中营的警察局长？那是什

么时候呢？还是来说我们的事吧！

（翻阅材料）第二十五、二十六、二十七和二十八页……那一天晚上，日期我们不感兴趣……一名无政府主义者，铁路扳道工，在这间办公室里接受关于他是否参加了银行炸弹爆炸案的审讯，这起爆炸事件导致十六名无辜市民死亡！局长先生，您在审讯中是这样说的："我们掌握了有关您的很有分量的线索！"您是这样说的吗？

警察局长　是的，这是审讯开始的时候，法官先生……后来……

疯　子　我们就是谈审讯开始的时候……我们按顺序来：将近午夜，无政府主义者突然"走火入魔"，这仍然是局长先生您说的，他突然走火入魔，从窗口跳楼，活活摔死了。那么，什么是"走火入魔"？班迪埃认为，这是自暴自弃的忧虑心态的激化形式，它同样能主宰心理健康的人，如果在他们身上诱发一种强烈的愤懑，一种绝望的痛苦。是这样吗？

警察局长和穿运动夹克的警长　是这样。

疯　子　那么，我们再来看，是谁，又是什么东西诱发了这种愤懑，这种痛苦；我们没有别的法子，只有把当时的场面予以再现：现在该您走上舞台了，局长先生。

警察局长 我？

疯　子 是的，请走到前面来。您不反对表演一下您那令人难忘的出场吧？

警察局长 请原谅，什么令人难忘的？

疯　子 那决定性地引发走火入魔的举动。

警察局长 法官先生……这儿肯定发生了误会，我并没有出场，而是我的副手，一位同事……

疯　子 唉，唉，把责任推给自己的下属，是糟糕的，甚至是糟糕透顶的……打起精神来，扮演您的角色……

穿运动夹克的警长 不过，法官先生，这是每个警察局都常常采用的一种手段，这样做是为了让犯罪嫌疑人招供。

疯　子 谁叫您说话了，让您的上司讲话！您知道吗，您是一个没有教养的人！从现在起，您只需在问起您的时候才开口回答……明白了吗？局长先生，您请吧，请您现身说法，把当时的情景表演一下。

警察局长　好吧。事情的经过大致是这样的：犯罪嫌疑人、无政府主义者在那儿，正是您现在坐的地方。我的同事…… 不，是我，我很冲动地进来……

疯　子　好！

警察局长　于是，我对他发动了攻势！

疯　子　我欣赏您这种态度！

警察局长　我亲爱的扳道工……颠覆分子……你该停止要弄我了……

疯　子　不对，不对……您就原原本本地表演。（展示审讯记录）这儿没有审查……您不是这么说的。

警察局长　嗯，我是这么说的：别再跟我耍花招！

疯　子　仅仅是耍花招？

警察局长　是的，我向您发誓。

疯　子　我相信您，继续。您接着怎么说的？

警察局长　我们掌握了证据，火车站的炸弹就是你放的。

疯　子　什么炸弹？

警察局长　（降低声调，用谈话的口吻）我是指二十五日的爆炸案……

疯　子　不，您就把那天晚上讲的话重复一遍。假设我就是无政府主义者，铁路扳道工。打起精神来。什么炸弹？

警察局长 别装蒜！你心里一清二楚。我讲的是什么炸弹？几个月以前，你们放在中央火车站车箱里的炸弹。

疯　子 那你们果真掌握了这些证据吗？

警察局长 没掌握，但正像方才警长解释的那样，这是我们警察局常常采用的一种欺骗手段……

疯　子 哈哈……真够狡猾的。（用手拍击发呆的警察局长的肩膀）

警察局长 不过我们掌握了一些可疑的线索……这米兰的无政府主义者、扳道工是唯一的犯罪嫌疑人……所以很容易推断，他是……

疯　子 这是自然的，我想说，这是显而易见的。如果火车站的炸弹是铁路工人放的这一事实是毋庸置疑的，那我们可以顺理成章地作出推断，罗马司法部大楼的炸弹，是一位法官放的；无名英雄纪念碑前的炸弹，是警卫部队的军官放的；农业银行的炸弹，是一位银行家，或者一位农业主——由您选择——放的。（顿时怒火中烧）往下说呀，先生们……我到这儿来，是为了进行严肃的调查，而不是为了玩愚蠢的推理游戏！继续。这上面写着（念某一页材料）："无政府主义者似乎没有被指控所触动，疑惑地微笑。"这一段文字是谁写的？

穿运动夹克的警长　我，法官先生。

疯　子　很好，那时候他微笑来着……但这儿有这样一段评述，都是你们的原话……审查案件资料的法官也是这么重复的……"毫无疑义，失去工作，被解雇的恐惧，也同自杀的危象有关系。"可是，起初他微笑，后来却突然觉得恐惧，这是怎么回事？是谁向他灌输这种恐惧？……是谁走到他的跟前，突然跟他谈到解……雇？

穿运动夹克的警长　不知道，我向您发誓，至于说我……

疯　子　注意，我们不必大事化小，小事化了……你们两个并不是唱主角的人……这世界上所有的警察都是动手殴打的，这是一种快乐，我不明白，为什么正是你们俩是唯一带着凡士林去的？你们不看电视吗？……不看警察连续剧？……你们这样行事，是你们的权利！怎么样，我没有开玩笑吧？

警察局长和穿运动夹克的警长 谢谢，法官先生。

疯　子 不客气。另外，谁都明白，有人去对无政府主义者说这么一番话，那是很有害的：“你的情况很不妙，当我们告诉铁路部门的头头们，说你是无政府主义者，谁知道他们会怎么干……他们会把你扫地出门……你将被解雇！”那个家伙灰心丧气了……说实在话，一个无政府主义者，最最眷恋的就是他的职业……他们归根到底都是小资产者……割舍不了他们得到的小小的好处；每个月固定的薪水，奖金……第十三个月工资，养老金，互助金，一个安全的晚年……没有人比无政府主义者更多地考虑晚年，请相信我……自然，我是讲我们的无政府主义者……那些好吃懒做的家伙……这跟从前那些被驱逐、无家可归的人大不一样……您了解那些无家可归的人吗，局长先生？噢，噢，我在说什么？！总而言之，你们从精神上打垮了一个无政府主义者，使得他痛苦失望，于是他跳楼……

穿运动夹克的警长 如果您允许的话，法官先生，坦率地说,这件事没有马上发生……因为我还没有介入呢……

疯　子　没错,没错,您说得对……您先是走出办公室,然后您又回来,在故作姿态地停顿了片刻之后,您开口说话……得,警长先生,您把自己说的话表演一下……您仍然设想我就是无政府主义者……

穿运动夹克的警长　是的,没问题。"方才罗马打来电话……有个好消息告诉你……你的朋友,对不起,你那位舞蹈演员同志已经招供……是他把炸弹安放在米兰的银行……"

疯　子　这是真的?

穿运动夹克的警长　自然不是。

疯　子　那么,他,扳道工,对这个消息是怎么反应的?

穿运动夹克的警长　嗯,很糟糕,他的脸色发白……要了一支烟……点了火……

疯　子　然后就跳楼了。

警察局长　不,没有马上跳……

疯　子　最初您是说"马上",是这样吗?

警察局长　没错,是这样。

疯　子　而且，在接受报纸和电视采访时，您总是声明，无政府主义者在采取可悲的行动以前，已经泄气……他“陷入了绝境”。您是这样说的吗？

警察局长　没错，我正是这样说的，“陷入了绝境”。

疯　子　那您在声明中还说了什么？

警察局长　他曾提出不在场的证据，说那可怕的下午发生凶案的时候，他正在运河边一家小酒店里玩纸牌。我指出，这个证据是捏造的，不能成立。

疯　子　这么说来，无政府主义者被认为不仅是铁路爆炸案，而且是米兰银行爆炸案的犯罪嫌疑人。您末了还补充说，无政府主义者的自杀行为，就是对他自己的“一份起诉书”。

警察局长　没错，我是这么说的。

疯　子　而警长您则大声嚷嚷，说那个家伙活着的时候就是个罪犯，是个无赖！可是才过了几个星期，您，局长先生，又发表声明，瞧，这儿有份文件，“理所当然”，我再重复一遍，可怜的扳道工“理所当然”没有任何具体的犯罪嫌疑。对吗？所以他完完全全是清白的。而且，警长，您还这样评论：“那无政府主义者是个很棒的小伙子。”

警察局长 是的，我想……我们犯了错误……

疯　子 天哪，谁都可能犯错误。可你们，请原谅，你们做了一件蠢事，且容我给你们点明：首先你们随心所欲地拘捕了一名自由公民，然后滥用你们的权力，对他的拘留超过法定的时限，你们又告诉这个可怜的扳道工，说你们掌握了他用炸弹制造铁路爆炸案的证据，使他精神受到刺激，接下来你们又故意制造他的精神出了毛病的假象，威胁说他将被解雇，说他案发时正在玩纸牌、不在犯罪现场的证据是捏造的，不能成立的。最后，你们又给了他一记意外的打击，说他在罗马的同志已经招供，承认自己是米兰爆炸案的凶手，他这位罗马的朋友是个很让人讨厌的凶手，不是吗?！这样，他彻底绝望了，说了一句“无政府主义完蛋了”，就跳楼了。(停顿)我要说，我们才是疯子，不是吗？在这种情况下，用这样的手段，逼迫一个任人摆布和嘲弄的人走火入魔，那有什么奇怪的呢？啊，不，不，我很遗憾，在我看来，你们是有责任的，这就是我的意见！你们对无政府主义者的死亡负有全部责任！应当以挑唆他人自杀罪立即起诉你们！

警察局长 可这怎么可能呢，法官先生？我们的职业，您也承认，就是审讯犯罪嫌疑人，让他开口说话，有时候不得不使用计谋，设下圈套，甚至诉诸某种精神上的压力……

疯 子 不对，这里涉及的绝不是“某种”，而是持续不断的压力！你们开始审讯的时候，是不是掌握了这个可怜的扳道工咬定自己不在犯罪现场的说法是撒谎的可靠证据？请回答！

警察局长 没有，我们没有掌握可靠的证据……不过……

疯 子 我对“不过”不感兴趣！是不是还有两三位退休老人，今天依然能够证明他不在犯罪现场？

穿运动夹克的警长 是的，有。

疯 子 这么说来，你们还向电视台和报界撒了谎，说凶手不在犯罪现场的证据是捏造的，你们掌握了很有分量的线索，是吗？你们使用计谋，设下圈套，搞阴谋诡计，不仅仅是为了制服犯罪嫌疑人，而且是为了欺骗、愚弄善良的，傻瓜似的老百姓！那个无政府主义者、舞蹈演员已经招供的消息，是打哪儿来的？

穿运动夹克的警长　是我们杜撰的。

疯　子　哈哈，真是奇妙的想象力！你们二位真该去当作家才是。或许你们还有机会去当作家，请相信我。监狱是极好的写作场所。（停顿）嘿，你们垂头丧气了！那么，我还想非常坦率地告诉你们一个消息，罗马方面掌握了你们对这件事负有严重责任的无可辩驳的证据。你们两个无可救药了；司法部长和内务部长已经决定撤你们的职，让大家记取这一最严重的教训，来重新建立业已信誉扫地的警察局的威信！

警察局长　不，这令人难以置信！

穿运动夹克的警长　他们怎么可能……

疯　子　这是确凿无疑的。你俩飞黄腾达的前程毁了！这就是政治，我亲爱的。起初你们为某个政治游戏效劳，给工会运动制造麻烦……制造一种“置颠覆分子于死地”的气氛。如今，事情多多少少发生了逆转……无政府主义者跳楼死亡的事件激起了民众的公愤……需要两颗脑袋来平息……那就请你们慷慨一下！

警察局长 就要我们的脑袋？

穿运动夹克的警长 没错。

疯　子 英国流传着一则古老的故事：主人唆使他豢养的几只狼狗去咬一群乡下人……那些乡下人向国王哭诉，主人为了得到宽恕，便把狼狗宰了。

警察局长 您以为……您果真……相信？

疯　子 我是你们的审判者，我还会是别的什么人呢？

穿运动夹克的警长 该死的职业！

警察局长 我知道是谁坑害了我……哼，但我会让他付出代价的。

疯　子 当然，会有许多人对你们幸灾乐祸，得意忘形地耻笑你们。

穿运动夹克的警长 是的，首先是我们的那些同事……这是最让我气愤的！

警察局长 更不要提那些报纸了。

穿运动夹克的警长 真不知道他们会怎么尽情地嘲弄我们！……瞧，还有那些无聊的画报。

警察局长　这些卑鄙的小人，当初低三下四地拼命来巴结我们…… 他们甚至会嚷嚷："把警察捉拿归案！"

穿运动夹克的警长　"这警察是个虐待狂，是个滥用暴力者！"

疯　子　更不要提什么侮辱……讽刺……

警察局长　岂止是耻笑！所有的人都不再理睬你……我们会连个停车场看守的位置都找不到！

穿运动夹克的警长　这狗日的世界！

疯　子　不，这狗日的政府！

警察局长　事情既然到了这个地步，请您告诉我，我们该做些什么？请给我出出主意！

疯　子　我？我能对你们说什么呢？

穿运动夹克的警长　对，您给我们出出主意！

疯　子　我要是处在你们的位置……

警察局长　处在我们的位置？

疯　子　我就从窗口跳下去！

警察局长和穿运动夹克的警长　（齐声）什么？

疯　子　你们要我出主意……事情到了这个地步，与其忍受这样的屈辱……还不如听我的话，你们去跳楼！

打起精神，去跳！

警察局长 是的，很好，可这跟我们说的有什么关系？

疯　子 确实，没什么关系。你们就让自己走火入魔，从窗口跳下去！（把他们朝窗口推去）

警察局长和穿运动夹克的警长 不，等一等！等一等！

疯　子 什么"等一等"？你们还要等什么？你们还想在这龌龊的世界上干什么？这难道是生活吗？狗日的世界，狗日的政府……统统都是杂种！跳楼吧！（用力把他们往窗口拽去）

警察局长 不，您想干什么，法官先生？我还抱有希望！

疯　子 什么希望也没有，你们完蛋了……你们难道不明白？完蛋了！跳楼吧！

警察局长和穿运动夹克的警长 救命！别推……行行好！

疯　子 不是我推你们，是你们走火入魔了。解救你们的"走火入魔"万岁！（揪住他们的腰身，强迫他们爬窗子的栏杆）

警察局长和穿运动夹克的警长 不，不，救命！救命！

［警察乙上。

警察乙　发生了什么事，局长？

疯　子　（松手）啊，没什么，什么也没发生……是这样吗，警长？是这样吗，局长先生？您安慰一下您的部下吧。

警察局长　（哆哆嗦嗦地从窗户栏杆跳下）嗯，是的，你不必惊慌，只是……

疯　子　只是“走火入魔”。

警察乙　走火入魔？

疯　子　是的，他们想从窗口跳下去。

警察乙　他们也想跳楼？

疯　子　是的，看在上帝的分上，您千万别对新闻记者讲！

警察乙　不会的，不会的。

穿运动夹克的警长　不对，是他，法官先生，想要……

警察局长　是这样。

警察乙　您想跳楼，法官先生？

警察局长　不，他推我们。

疯　子　没错，没错，我推了你们。差一点儿你们就当真跳下去了……你们已经绝望了。当一个人绝望的时候，什么都无所谓了……

警察乙 啊,是的,“什么都无所谓”!

疯　子 嘿,您瞧瞧他们,现在还是一副绝望透顶的模样……您瞧他们,那两张哭丧着的脸!

警察局长 您讲得很对……处在我们的位置上……我向您承认,方才有那么一阵子……我差一点儿,当真要跳楼了!

警察乙 您打算跳楼啦?您?

穿运动夹克的警长 我也是这样!

疯　子 你们瞧瞧,先生们。要是谈起“走火入魔”,那该是谁的责任呢?

警察局长 政府里的那些杂种……如果不是那伙……他们先是鼓动你去……“镇压,制造混乱局势临近的紧张气氛”……

穿运动夹克的警长 还制造“需要一个强有力的国家的气氛”!让你铤而走险,然后……

疯　子 不,其实没那回事,都是我一个人的责任。

警察局长 您的责任,为什么?

疯　子 因为全不是真的,统统都是我杜撰的。

警察局长 那该怎么说呢?难道罗马要撤我们的职也不是

真的?

疯　子　假的,他们压根儿没有这么想。

穿运动夹克的警长　而无可辩驳的证据呢?

疯　子　从来没有什么证据。

穿运动夹克的警长　不是说部长要我们的脑袋吗?

疯　子　全是无稽之谈。部长很赏识你们,你们是他的眼珠子。而警察总局的头头听到你们的名字,激动得了不得……竟大叫"好好"!

警察局长　您不是在开玩笑,对吗?

疯　子　半点儿玩笑也没有。整个政府都喜欢你们!我还要告诉你们,方才讲的那则古老的英国故事,也是凭空虚构的。任何主人都不会因为他豢养的狼狗咬了乡下人,而狠心把狼狗宰了!只会发生相反的情形。假如狼狗在格斗中丧了命,国王会立即给主人发来沉痛哀悼的唁电。还有人会献上带国旗的花环!

[警长欲开口说话,局长神经质地表示厌烦。

穿运动夹克的警长　如果我没有误解的话……

警察局长　您当然误解了……请让我讲话，警长……

穿运动夹克的警长　请原谅，局长。

警察局长　我不明白，为什么法官先生您要制造这一大堆谎言……

疯　子　谎言？哪儿的话，这些不过是司法机关有时求助的“圈套”，或者说“骗局”，其用心是要让警察局明白，这些手段是何等的不文明，且不说是犯罪！

警察局长　那么，您仍然坚持您的看法，那无政府主义者是在我们的逼迫下跳楼身亡的？

疯　子　是你们自己……方才六神无主的时候……证实这一点的！

穿运动夹克的警长　可他跳楼的时候，我们并不在现场。您问问他！

警察乙　是的，法官先生，他们刚一出门，那人就跳下去了！

疯　子　这就好比说，某个人在银行里安放了一颗炸弹，然后走开了，炸弹爆炸的时候他不在现场，所以他是无罪的！哈，这样的逻辑太美妙了！

警察局长　不，法官先生，这儿有点误会……警察他讲的是第一种说法……我们要讲的是第二种说法。

疯　子　噢,不错……要撤回方才的说法。

警察局长　哪里,我并不认为是撤回……只是简单地更正……

疯　子　言之有理。我们且来听听,你们要更正什么?

［局长向警长暗暗示意。

穿运动夹克的警长　是的,我们……

疯　子　我提醒你们,关于这新的说法,我这里也有记录可查。请吧,我洗耳恭听……

穿运动夹克的警长　我们要更正一下……怎么说呢……更正那骗局……发生的时间。

疯　子　骗局发生的时间?

警察局长　是这样,我们已经声明,我们用那些捏造的谎言给无政府主义者设下圈套,不是半夜十二点钟,而是晚上八点。

穿运动夹克的警长　也就是说,二十点。

疯　子　啊,你们把整个事件,包括从窗口跳楼,提前了四个钟点！这真是最先进的夏令时！

穿运动夹克的警长　不，跳楼……还是发生在半夜十二点……没有改变。这有证人。

警察局长　证人中有一位记者，他在院子里，您想起来了吗？（疯子摇头）他听见扑通一声，有东西重重地落在地上，便第一个跑到了现场……他立即记下了时间。

疯　子　很好……自杀发生在半夜，你们设计的骗局是在二十点……那么，你们怎么解释那走火入魔呢？我是说，你们关于自杀的说法全都是从走火入魔而来的……所有的人，从预审法官到检察院，你们始终坚持这样的所谓事实，那个可怜的家伙是由于"突然走火入魔的缘故"而跳楼自杀的……而现在，在关键时刻，你们却对我矢口否认"走火入魔"了。

警察局长　不，不……我们没有矢口否认"走火入魔"……

疯　子　是的，你们矢口否认了它，按照你们方才的说法，从您或您的同事进来，对他开了一个天大的玩笑，说"我们掌握了无可辩驳的证据"，到他自杀，这中间竟然相距四个小时。那"走火入魔"到哪儿去了？整整四个小时……随你们摆布……无政府主义者有时间来消化你们的弥天大谎……你们可以劝告他，巴枯宁虽然是个贪婪的家伙，但最终也成了警察局和梵蒂冈的知己，这反正是一样！

警察局长　但这正是我们想要做的，法官先生。

疯　子　你们想要告诉他，巴枯宁是个贪得无厌的人？

警察局长　不，我们想要表明，所谓的“走火入魔”并不是由我们的欺骗、我们的伪证所引发的……因为从那时到他自杀，经历了四个小时！

疯　子　不错，不错，言之有理！真是绝妙的想法……您真有两下子！！

警察局长　谢谢，法官先生！

疯　子　这样一来，谁也不能再怪罪你们，诚然，你们制造了谎言，但不能认定它起了决定性的作用。

穿运动夹克的警长　正是。所以我们是清清白白的。

疯　子　你们真能干。只是我还弄不明白，那可怜的家伙干吗还要跳楼自杀，不过如今这已无关紧要，主要的是你们终于证明自己是清白的。

警察局长　再次感谢您。坦率地对您讲，我曾经担心您对我们怀有偏见。

疯　子　偏见？

警察局长　是的，我担心您要不惜一切代价把我们打成罪人。

疯　子　天哪……恰恰相反！我不妨告诉你们，如果方才我的言行有点儿严厉且富有挑衅，那只是为了让你们拿出足够的事实和证据来，便于我竭尽全力助你们一臂之力，顺利地摆脱这尴尬的局面。

警察局长　我由衷地感谢您……司法部门始终是警察局最亲密的朋友，这真令人高兴！！！

疯　子　应当说是合作者……

警察局长和穿运动夹克的警长　是的，合作者。

疯　子　你们也应当全力合作，以便我能对你们一帮到底……让你们立于不败之地。

警察局长　当然啦。

穿运动夹克的警长　乐意效劳。

疯　子　首先应当用无可辩驳的论据予以证明的是，在这四个小时里，无政府主义者已经承受和化解了一切沮丧的心情和所谓的“精神崩溃”。

穿运动夹克的警长　没错，我们这位警察，还有我，可以作证，在经历了最初的失望的躁动之后，无政府主义者当时已经恢复了常态……

疯　子　这记录在案了吗？

穿运动夹克的警长　我想是的……

疯　子　没错，没错，关于案情的第二种解释有这样的记载（读）：“扳道工渐趋平静，并表示，他和舞蹈演员之间关系不佳。”好极了！请别忘了，我们的扳道工很清楚，罗马的无政府主义组织混进了一大批警察局的密探和亲信……他曾经要舞蹈演员注意这一事实，对他说：“警察局和法西斯分子想方设法要制造混乱的局面……你们周围尽是被收买了去制造事端的奸细……引导你们去干他们想要干的事情……到头来受连累的是左派。”

穿运动夹克的警长　他们很可能因为这个缘故吵过架。

疯　子　由于舞蹈演员不听从劝告，我们这位扳道工也许就开始怀疑此人也是一名奸细。

警察局长　这很可能。

疯　子　所以，舞蹈演员的招供于他而言无关紧要，无政府主义者相当平静，这有无可辩驳的证据。

穿运动夹克的警长 记得他当时还露出了笑容……在关于案情的第一种解释里，就记录了我这一说法。

疯 子 是这样，但很遗憾，有一点儿麻烦，在关于案情的第一种解释里，你们已经谈到，无政府主义者给自己点了一支烟，"心情沮丧"，并且怀着"绝望的心理"呼喊"无政府主义完蛋了"，噔，噔，噔，纵身从窗口跳了下去。真见鬼，可你们脑子里一定闪过这样的念头，把这个案子编成一出戏。

警察局长 您说得对，法官先生。这儿的一位年轻人有过这样的念头；我对他说："剧本就让那些搞电影的人去写，咱们还是当咱们的警察……"

疯 子 你们听我的，眼下，如果我们想获得可靠的解脱，唯一可行的办法是把这一切统统抛到九霄云外，从头开始。

穿运动夹克的警长 那我们该作出第三种解释？

疯 子 天哪！只要把现有的两种解释弄得更加合情理就足够了。

警察局长 是的。

疯 子 好吧，首先，已经说过的话统统要算数，不得翻悔。

因此,警长您和局长您或者某个代表局长先生的人,你们已经斩钉截铁地说过……无政府主义者抽了他最后一支烟,喊了那句富于戏剧性的“无政府主义完蛋了”……但是,在这儿我们遇到了不同的解释:他没有马上跳楼,因为当时才八点钟,还没有到午夜十二点。

警察局长 按照第二种解释……

疯　子 谁都知道,铁路扳道工从来都是遵守时间的。

警察局长 问题正在于,这样我们就有足够的时间来改变他的情绪……并且帮助他打消自杀的念头。

穿运动夹克的警长 您的说法无懈可击!

疯　子 是的,那么这情绪的改变是怎么发生的呢?……时间本身不足以治疗某些创伤……看来有人帮助了他…借助某种手势……我知道。

警察乙 我给了他一块口香糖。

疯　子 太棒了。你们呢?

警察局长 嗯,我当时不在场……

疯　子 不,这是一个极其微妙的时刻,您应当在场!

警察局长 我同意,我当时在场。

疯　子　好，我想先提个问题，无政府主义者深深陷入的恐慌，可曾多少打动了你们？

穿运动夹克的警长　是的，我确实被打动了。

疯　子　我们还可以补充说，你们因为使他受到折磨而感到不安……局长先生……您，是一位如此多愁善感的人！

警察局长　没错，归根到底，他让我有点儿难过……我感到不安。

疯　子　妙极了！我敢打赌，您还不由自主地把一只手搁在他的肩膀上……

警察局长　不，我想我没有这样做……

疯　子　没什么，这是表示父爱的姿态。

警察局长　唉，也许是这样……可我记不得了。

疯　子　我确信，您这样做了！请您说一声：是的！

警察乙　是的，是的，他这样做了……我亲眼看到的！

警察局长　唉，如果他看见我……

疯　子　（转向警长）而您，轻轻地摸了摸他的脸孔……（摸他的脸孔）这样。

穿运动夹克的警长　不，我很遗憾要让您失望，但我敢肯定，我……没有摸他的脸孔。

疯　子　您真让我失望了……您知道为什么吗？因为那个人除了是个无政府主义者，还是个铁路扳道工！您莫非忘了？您知道铁路工人意味着什么吗？它意味着跟我们所有人的童年相联系的某种东西……意味着电动玩具火车和发条玩具火车。您小时候从来没有玩过玩具火车吗？

穿运动夹克的警长　是的，我有一个蒸汽玩具火车……是装甲的……还冒白烟。

疯　子　还发出嘟嘟的叫声？

穿运动夹克的警长　没错，嘟嘟……

疯　子　太美了！您发出嘟嘟声的时候……您的眼睛都闪闪发光了！！不，警长先生，您不可能不对他怀有好感……我想，如果犯罪嫌疑人是位银行家，您压根儿不会瞧他一眼，而他是个铁路工人……您，我再相信不过了……您摸了他的脸孔！

警察乙　是的，确实是这样……我亲眼看到的，他摸了那人的脸孔，摸了两次！

疯　子　您瞧……我有了证人！您摸他脸孔的时候，对他说了些什么呢?

穿运动夹克的警长　我想不起来……

疯　子　我来告诉您,您对他说了什么。您对他说:“打起精神来……别这样垂头丧气……(您叫了他的名字)你瞧着吧,无政府主义不会死亡的!”

穿运动夹克的警长　可我觉得我没有……

疯　子　啊,不对……天哪……您是这样讲的……要不我要生气了。瞧瞧我脖子上的筋。您承认不承认这样讲过?

穿运动夹克的警长　好吧,如果您喜欢……

疯　子　那就请讲吧……我要记录在案。(开始书写)

穿运动夹克的警长　(非常笨拙)得,我对他说:“打起精神来……孩子,你别在意……你瞧着吧……无政府主义不会死亡的!”

疯　子　很好……后来你们一起唱歌!

警察局长　一起唱歌?

疯　子　那是必然要走到这一步的……一旦营造了如此友好亲切的氛围……会情不自禁地唱起来,而且是齐声合唱!我们来听听,你们唱什么歌了?我猜是《全世界是我们的祖国》……

警察局长 不，请原谅，法官先生，我们确实不能接受所谓一起唱歌的说法。

疯　子 嘿，你们不接受我的说法？那么，你们可知道，我要提醒你们什么？我可以向你们让步，任凭你们自己去处理……这是你们的事儿！我会把事情按照你们向我叙述的那样整理出来……那会产生怎样的后果？请原谅我使用一个生动的比喻：天下大乱，搅个底朝天。是的，正是这样！你们先是这么说，然后统统推翻……换一种说法，半个小时以后又提出截然不同的另外一种说法……连你们之间都无法寻得一致……这儿记录上分明写着，无政府主义者当天下午就曾经试图自杀，当时你们都在场……这个细节你们压根儿没有提到。如果我没有弄错的话，你们用这样的调子向整个新闻界，甚至向电视新闻节目发表声明，说对无政府主义者的审讯"理所当然地"没有记录在案，因为无法及时记录……过一会儿，奇迹出现了，竟冒出来两个甚至三个记录，都是由他……由您亲手签字的！如果一个犯罪嫌疑人讲话自相矛盾，即使只有你们混乱透顶的讲话的一半，那你们也会毫不含糊地要他的命！你们可知道，在这种情况下老百姓怎么看待你们？你们不仅玩弄了拙劣的把戏，而且制造了弥天大谎……你们现在还想让人来相信你们，自然，除了预审法官。你们知道为什么老百姓不相信你们吗？……因为你们对事件的解释，除了古里古怪之外，还缺少仁慈……缺少人情味。谁也不会忘记您，警长先生，当无政府主义者可怜的妻子前来询问，为什么不把她丈夫死亡的消息通知她时，您的回答是多么无礼和傲慢。从来没有丝毫的同情心，你们当中没有一个人让自己放下架子……自由自在一番……没有一个人会放声大笑，失声痛哭……高歌一曲！相反，如果老百姓能透过这些麻烦事情，隐约窥见你们的一颗心，就会原谅你们所有的自相矛盾的说法。……那么，两个活生生的人，因为感情激动而喉咙哽咽，虽然是警察，但为了让无政府主义者高兴，便和他一起唱歌……《全世界是我们的祖国》，任何人都会因为听到类似的故事而感动得热泪盈眶……任何人都会狂热地呼唤你们令人喜悦的名字！请吧！为了你们好……为了让调查对你们有利……唱吧！（他开始轻声地歌唱，向两名警官使眼色，他们也相继和他一起唱起来）

我们漂泊在大地和海洋，
抛弃了我们的亲人，为了一个理想。

加油！大声唱！（扶住他们的肩膀，鼓励他们唱歌）

全世界是我们的祖国……
自由是我们的法律……
一个思想，一个思想……
全世界是我们的祖国……

[合唱的声音最响亮的时候，黑暗渐渐降临。

第一幕完

第二幕

[在灯光再次亮起来以前，四个人像第一幕结束时一样，继续唱歌。当灯光完全照亮舞台的时候，歌声即刺耳地刹住。

疯　子　（鼓掌，同每一个人拥抱，握手）太棒了，太棒了！是的，现在我们终于做成了一件事。如今谁也不会再怀疑，无政府主义者的心态是很平静的。

穿运动夹克的警长　我敢说他是满意的。

疯　子　当然，他觉得自己像在家里一样。在罗马一些俱乐部的成员当中，便衣警察常常多于真正的无政府主义者。

警察局长　我们用那些伪证向他发出连珠炮似的质问，丝毫没有破坏他的精神状态。

疯　子　这么说来，压根儿谈不上走火入魔；走火入魔是后来的事儿。（问警长）那是什么时候？

穿运动夹克的警长 将近午夜。

疯 子 由什么事情引发的?

警察局长 嗯,我想,原因……

疯 子 不,不,天哪!您什么也不会想……您什么都不应当知道,局长先生!

警察局长 什么,我什么都不应当知道?

疯 子 您真让人讨厌,我们在这儿竭尽全力要把您拽出来,证明您跟铁路扳道工的死亡没有任何干系……因为您压根儿不在现场……

警察局长 您说得对,请原谅……我走神了。

疯 子 可您走神也太厉害了,局长……请您集中注意力……好吧,就像托托[1]在一部老的滑稽戏里所说的:"此时此刻,警察局里没有警察局长!"但是有警长。

穿运动夹克的警长 没错,我当时在场,但过了一会儿我也离开了。

疯 子 嘿,又开始推卸责任了。勇敢些,请告诉我,将近

---

① Totò(1898—1967),意大利著名喜剧演员。

午夜的时候发生了什么事儿。

穿运动夹克的警长 在这间办公室里,我们一共六个人:四名警察,我……还有一名宪兵少尉。

疯 子 噢,是的,后来他被提拔为上尉。

穿运动夹克的警长 没错,就是他。

疯 子 你们在那儿干什么?

穿运动夹克的警长 对他进行审问。

疯 子 继续审问?诸如:“你当时在哪里?干了什么事儿?说!别耍滑头……”

穿运动夹克的警长 不,法官先生……我们是用开玩笑的方式审问他的……

疯 子 是吗?“开玩笑的方式”?

穿运动夹克的警长 我向您保证……您可以问他……(把警察乙推向疯子)

疯 子 没有必要。难以令人置信。(展示一纸档案)但是在向预审法官作证的证词里有记载。

穿运动夹克的警长 是的,他丝毫没有怀疑。

疯 子 啊,我也相信这一点……不过,“开玩笑的方式”是什么意思?

穿运动夹克的警长　就是开玩笑的意思……一面审问他，一面尽情讥笑。

疯　子　我不明白，莫非你们玩打士兵耳光的游戏？你们戴上了面具，吹起了喇叭？

穿运动夹克的警长　还没有到这个地步……但都笑得很开心，拿犯罪嫌疑人取笑……说些俏皮话……插科打诨……

警察乙　没错，没错，大家笑得很厉害。您知道吗，警长是个爱开玩笑的人，但平时不显山不露水……但愿您能看到，当他来了兴致的时候，他就是一个逗人的审判官……哈哈哈，真会逗人发笑！

疯　子　现在我明白了，为什么罗马决定修改你们的誓言。

警察局长　警察的誓言？

疯　子　是的，部里决定的。

警察局长　已经修改了吗？

疯　子　准确地说，是完善你们的誓言……现在你们是怎么宣誓的？

穿运动夹克的警长　“警察为公民服务！”

疯　子　好，从今以后改为：警察为公民服务，让公民开心！

警察局长　哎呀，您这是取笑我们。

疯　子　丝毫没有这个意思，我比任何时候都确信，你们的确像你们所说的那样，用开玩笑的方式对待犯罪嫌疑人的……我记得，在对所谓的"星期一黑帮"审判期间，我在贝加莫市，你们想必不会忘记，卷进这个案子里去的有一位神甫、一名医生、一名药剂师，几乎整个城镇都被指控犯罪，后来却证明都是清白无辜的。我当时就住在紧挨着警察局的一家小旅馆里，审讯就在警察局进行，几乎每天夜里，我都要被一阵号叫和呻吟所惊醒。起初，我以为那些人受了虐待挨了揍，但后来我恍然大悟，这其实是笑声。是的，那些被审问者多少有点儿发狂的笑声："喔唷，喔唷，妈妈呀！够了！哎哟，救命，我再也不干了！警长，够了，您让我笑死了！"

警察局长　把嘲笑搁在一边吧，您知道，后来那些家伙，从警察局头头直到中士，统统都给判刑了！？

疯　子　是的，因为他们开心过了头！（警察们紧皱眉头，显得不能容忍）不，不，我不是开玩笑。你们还不知道，有多少并没有犯罪的人，随意弄出个由头来，只求把自己送进警察局去！你们认定他们是无政府主义者，共产党员，“工人政权”组织成员，工会积极分子……不对，事实上他们都只是可怜的病人，患有抑郁症、多愁善感症、忧愁症，他们伪装成革命者，其用心就是想要接受你们的审讯……最终能够痛痛快快地大笑几声！多少让自己的心情平静下来！

警察局长 我想说，法官先生，您现在岂止是拿我们开心，简直是挖苦我们了。

疯　子 天哪，我绝不会容许自己……

警察局长 （耸耸肩膀）对不起，如果我关上窗子，您不介意吧？有一股寒气吹进来……

疯　子 是的，是的……说真的，还真有点儿冷。

穿运动夹克的警长 这是太阳刚刚落下的缘故。

［警长做了一个手势，警察乙上前关窗。

疯　子 没错。那么，那个晚上，难道太阳没有落下吗？

穿运动夹克的警长　什么?

疯　子　我说,无政府主义者跳楼的那个晚上,太阳一直当空高挂,没有日落,是吗?

[三名警员发愣,面面相觑。

警察局长　我不明白。

[疯子佯装厌烦。

疯　子　我说,虽然当时是十二月,但直到半夜时分,窗子还敞开着,这就是说,天气并不寒冷……而如果寒冬腊月天气并不寒冷,那唯一的原因只能是太阳还没有下山……或者日落特别晚,比方说在午夜一点钟,就像在七月份的挪威一样。

警察局长　喔,不,我们当时刚把窗子打开……为了换换房间里的空气,是这样吧?

穿运动夹克的警长　是这样,房间里烟味太浓。

警察乙　您知道,无政府主义者抽烟很凶。

疯　子　你们打开了玻璃窗……护窗板也打开了吗？

穿运动夹克的警长　是的，护窗板也打开了。

疯　子　在寒冷的十二月？半夜里气温降到零度以下，寒气不冻僵您的身子？“来，来，透透气！我们才不在乎什么肺炎！”你们至少穿了大衣吧？

穿运动夹克的警长　不，我们穿了外套。

疯　子　健壮得像运动员！

穿运动夹克的警长　我向您保证，当时确实不冷。

警察局长　的确，一点儿都不冷……

疯　子　噢，是吗？那个晚上，气象局向全意大利发出降温预报，将有让白熊也打哆嗦的寒流袭来，可你们却不觉得冷，相反……仿佛是“春天”！莫非每天夜里非洲季风会吹到这儿？要不，海湾地区的暖流通过下水道流到了这座大楼里？

穿运动夹克的警长　请原谅，法官先生，我弄糊涂了，方才您还申明，您特地到这儿来帮助我们，可现在您却一个劲儿怀疑我们的每一样证据，嘲笑我们，侮辱我们……

疯　子　完全同意，或许我言过其实了，或许我过于怀疑……可是，如今摆在我们面前的，好像是为笨蛋和迟钝的人准备的那种解谜游戏：找出笨蛋警察巴乔基犯下的三十七个错误。我怎么帮助你们呢？（三名警员坐下，一声不吭，神情沮丧）……别哭丧着脸……打起精神来！我以最最严肃的态度向你们许诺，从现在起我不再嘲笑你们。过去的事情就让它过去吧……

警察局长　对，让它过去吧。

疯　子　现在我们来谈正经事：关于跳楼。

穿运动夹克的警长　好。

疯　子　我们的无政府主义者走火入魔了，我们一起来看一看，导致这一疯狂行动的最令人信服的原因是什么……他突然站起来，猛跑……等一等，谁给他做了“踏脚板”？

穿运动夹克的警长　什么，“踏脚板”？

疯　子　到底是你们当中的哪一位，站在窗子旁边，在齐胸高的部位，十指交叉，这样，做成一个“踏脚板”，支撑他的脚……噔！他纵身一跃，越过栏杆，跳了下去！

穿运动夹克的警长 您说什么呀，法官先生，您想要我们……

疯　子 不，看在上帝的分上，别激动……我只是这样问问……我刚才想，更准确地说，他是站在那儿，那么，助跑的距离如此短，没有外来的帮助，他怎么跳……我无意让谁怀疑……

穿运动夹克的警长 没什么可怀疑的，法官先生，我向您保证……一切都是他自个儿干的！

疯　子 压根儿没有田径赛场上的那种"踏脚板"？

穿运动夹克的警长 没有……

疯　子 也许他跳楼的时候穿了一双布鲁梅利[1]式的带弹性鞋钉的跑鞋？

穿运动夹克的警长 不，普通的鞋……

疯　子 好，事情就是这样：一方面，此人身高差不多只有一米六。独自一人，没有外来的帮助，没有阶梯……另一方面，有足足半打的警察就在离他几米远的地方，其中一名甚至就站在窗子旁边，但谁

① Брумель(1942—　)苏联著名跳高运动员，屡创世界纪录。

也没有及时介入……

穿运动夹克的警长 可情况是如此突然……

警察乙 您难以想象，那鬼东西动作是多么敏捷……我勉强抓住他的一只脚！

疯　子 啊，你们瞧，你们瞧，我的煽动本领显示了效果：您说您抓住他的一只脚。

警察乙 是的，但我手里只留下他的一只鞋，他还是跳下去了。

疯　子 这无关紧要。至关重要的是，这只鞋留了下来。这只鞋无可辩驳地证明了你们挽救他的诚心！（认真地看一份材料）

穿运动夹克的警长 当然，无可辩驳！

警察局长 （对警察乙）好样的！

警察乙 谢谢您，局长先……

警察局长 住嘴！

疯　子 等一等……可这儿有什么东西不太对劲儿。自杀者有三只鞋吗？

警察局长 什么，三只鞋？

疯　子 是的，一只鞋留在这位警察的手里……这事情发生以后的某一天，他本人这么作证的……（展示材料）瞧这里。

穿运动夹克的警长 正是……他向《晚邮报》的记者这么说的。

疯　子 但这儿，在另一份附件里，清清楚楚地写着，无政府主义者在院子里的石板地上死去的时候，两只脚都穿着鞋子。那些闻讯跑来的人，其中有一位《团结报》的记者，还有其他路过的记者，都可以证明这一点。

穿运动夹克的警长 我不明白怎么会发生这样的事……

疯　子 我也不明白！看来只有一种可能：这位敏捷的警察在第一时间飞也似的冲下楼梯，跑到三楼平台，在自杀者经过以前，贴近窗口，给飞行中的他穿上鞋子，然后又像火箭似的跑回五楼，而在这一刹那，自杀者正好坠落地面。

警察局长 您瞧，您瞧，您又开始嘲弄人了。

疯　子 您说得对，您比我厉害……请原谅。这么说来，三只鞋子……请原谅，你们可记得，他或许就有三条腿？

警察局长　谁？

疯　子　自杀的扳道工……如果他果真有三条腿，那穿三只鞋子就合情合理了。

警察局长　（厌烦地）不，他不是三条腿的动物！

疯　子　别厌烦……在一个无政府主义者身上，什么事情都可能发生的！

警察乙　这倒也是。

警察局长　住嘴！

穿运动夹克的警长　真糟糕……还得找一个合乎情理的说法，要不……

疯　子　我找到了。

警察局长　那倒要听一听。

疯　子　毫无疑问，他穿的鞋当中有一只太大了，而当时他手头又没有鞋垫，于是，他先穿了一只瘦小的鞋，然后再套上那只肥大的鞋。

穿运动夹克的警长　一只脚上穿两只鞋？

疯　子　没错，这有什么奇怪的？这就像穿套鞋一样，你们记得吗？从前下雨天我们曾经穿过的那种套鞋……

警察局长　是的，曾经穿过。

疯　子　不过今天还有人穿这样的套鞋，你们知道我要对你们说什么吗？警察手里拿的不是一只皮鞋，而是一只套鞋。

穿运动夹克的警长　不，这不可能，一个无政府主义者穿着套鞋！……这是老派保守的人才用的东西。

疯　子　无政府主义者是一伙很保守的人……

［电话铃声响起，所有人都安静下来，穿运动夹克的警长抓起话筒。

穿运动夹克的警长　请原谅……是的，请说……请稍等……（转向局长）是值勤人员打来的，他说有一位女记者在门口，要求见您，局长先生。

警察局长　啊，是的，我答应她今天采访。她是《快报》或者《欧洲人》杂志的记者，我记不得了……您问她可叫菲莱蒂。

穿运动夹克的警长　（对着电话）您叫菲莱蒂？（对局长）是的，玛丽亚·菲莱蒂。

警察局长　那就是她……想采访我。您请她改天再来，今天我没有时间……

疯　子　真没想到，但我不希望您因为我的缘故而感到为难。

警察局长　什么意思？

疯　子　我认识那位女记者，此人很有点能量，她容易为小事生气，见怪……为了报复，她会炮制一篇针对您的文章……您让她上来吧，看在上帝的分上！

警察局长　那您的调查呢？

疯　子　可以等一等。但您还没有明白，我现在跟你们同舟共济；而像女记者那样的人，需要跟他们交朋友，不能对着干！您听我的吧。

警察局长　我听您的。（对站在电话旁的警长）让她上来。

穿运动夹克的警长　你带她上我这儿来。（放下话筒）

警察局长　那您怎么办，离开我们吗？

疯　子　真没想到，但我从来不会抛弃朋友，尤其是在危难的时刻。

穿运动夹克的警长和警察局长　您留下来？

警察局长　您以什么身份留下来？您想让秃鹫一样贪婪成

性的记者发现您是谁，来这儿干什么吗？然后在她的报纸上写上整整一版捅出来？那就是您存心要毁了我们！

疯　子　不，我不想毁了你们……请放心，那秃鹫一样贪婪成性的记者永远弄不清楚我究竟是什么人。

穿运动夹克的警长　弄不清楚？

疯　子　当然，我要改变身份……这对于我来说如同儿戏，请相信我，刑法处的精神病专家，国际刑警组织局长，警察局科技处领导人，任你们挑选。如果那欺软怕硬的记者用什么问题来让你们为难，你们只须向我挤挤眼睛，我就会挺身而出……最要紧的是你们自个儿不妥协。

警察局长　您真够仗义的，法官先生！（激动地握他的手）

疯　子　别再叫我法官，看在上帝的分上。从现在起我就是警察局科技处马卡托尼奥·班齐·皮齐尼上尉……怎么样？

穿运动夹克的警长　不过，果真有班齐·皮齐尼上尉这个人：他是在罗马……

疯　子　正是。如果这记者写些让我们不快的东西，那只要请罗马真正的皮齐尼上尉出来作证，就可以轻而易举地证明她写的东西全是凭空捏造。

穿运动夹克的警长 您真是个天才！如果她发现您是在扮演皮齐尼上尉这个角色呢？

疯　子 别担心，在二战中我担任过狙击兵军团的随军牧师。

警察局长 安静，她来了。

［女记者上。

警察局长 请进，小姐。请坐。

女记者 你们好，局长先生在吗？

警察局长 我就是，很高兴见到您，小姐。我们只是在电话里相识……很遗憾。

女记者 很高兴见到您。看门的警卫给我制造了一些麻烦……

警察局长 请您原谅他，这是我的过错，我忘了把您的来访通知他。请允许我向您介绍我的同事：皮萨尼警长，这个办公室的负责人……

女记者　非常荣幸。

穿运动夹克的警长　这是我的荣幸……小姐。（以军人的姿态握手）

女记者　天哪，手给握疼了！

穿运动夹克的警长　请原谅……

警察局长　（指着正背向舞台忙乎的疯子）……这位是上尉……上尉?!

疯　子　是我……（转过身来，粘上了小胡子，一只眼睛蒙了一块黑绷带，一只手戴了深褐色手套。局长见到他这副模样，发愣地站着，不知如何介绍是好。疯子自我介绍）警察局科技处马卡托尼奥·班齐·皮齐尼上尉。请原谅，这只手很僵硬，因为它是假肢，是阿尔及尔战役留下的纪念，我当时是外国军团空降兵……请坐啊，小姐。

警察局长　您想喝点什么?

女记者　不，谢谢……如果你们不介意的话，我想马上开始……请原谅我，但我的时间很紧，我必须今天晚上交出文章……今天夜里要发排。

警察局长　好，按您的意思办，开始吧，我们准备好了。

女记者　我有好几个问题。（掏出笔记本，念）第一个问题是问您的，警长，如果它有点儿挑衅性，请您包涵……如果您不介意的话，我想使用录音机……（从手提包中掏出录音机）

穿运动夹克的警长　嗯，当真……我们……

疯　子　请吧……（对穿运动夹克的警长）第一条规矩：不许唱反调。

穿运动夹克的警长　（单独对他说）可如果有什么遗漏……如果我们想要澄清……

女记者　请原谅，先生们，有什么问题吗？

疯　子　（抓住时机）不，不，没有……警长正在向我夸奖您呢，他说您是一位胆略过人的女士……具有坚定的民主信仰，热爱真理与正义……名不虚传！

女记者　您过奖了……

穿运动夹克的警长　请谈吧。

女记者　为什么别人叫您窗台上的骑士？

穿运动夹克的警长　窗台上的骑士？这么称呼我？

女记者　是的，或者叫作“骑士警长”。

穿运动夹克的警长　谁这样叫我？

女记者 我这儿有一封信的复印件，是一个年轻的无政府主义者从圣维托雷监狱发出的，（拿出一页纸）他是在我们的无政府主义者死亡的日子里被送进牢狱的，正是他这么称呼您，警长……

穿运动夹克的警长 噢，那么，他是怎么说的？

女记者 （读信）五楼的警长强迫我坐到窗口，双腿吊在半空中，然后开始向我挑衅："跳啊！"又不断侮辱我……"你为什么不跳……没有勇气，啊？了结了吧！你还等什么？"我请你们相信，我只是咬紧了牙关，苦苦坚持，才没有坠下楼，才没有向死亡屈服……

疯　子 太好了，简直是一部希区柯克的电影剧本。

女记者 对不起，上尉……我是问这办公室的负责人，而不是向您提问……您有什么要回答我吗？（把录音机的话筒伸到穿运动夹克的警长嘴巴跟前）

疯　子 （对穿运动夹克的警长耳语）面不改色，无动于衷！

穿运动夹克的警长 我没什么可回答的……其实是您应当回答我的问题，非常坦率地回答："您以为，我也强迫那个扳道工坐到窗口了吗？"

疯　子　住嘴，别上当。（哼小曲儿）秃鹫，秃鹫快快飞走……从我的家里飞走……

女记者　是我举止不当，还是上尉您在做小动作，进行干扰？

疯　子　没有的事儿……我只是发表评论。如果您允许的话，我想向您请教，菲莱蒂小姐，您恐怕是把我们当作洗涤剂推销员了，您不管三七二十一，以为我们是有意强迫每一个落在我们手里的无政府主义者去擦窗子，试验洗涤剂的功能！

女记者　我没什么可说的，您是个很厉害的上尉。

穿运动夹克的警长　（单独对他说）谢谢，您帮我摆脱了一个大麻烦……（拍拍疯子的肩膀）

疯　子　轻点儿，别这么使劲，警长先生……我这只眼珠是玻璃的。（指指蒙住一只眼睛的黑绷带）

穿运动夹克的警长　玻璃眼珠？

疯　子　跟我握手的时候也小心点儿，这是假肢。

女记者　还是谈谈无政府主义者从窗口坠楼的事情。在预审案卷中，缺少对他身体坠落的抛物线的鉴定。

警察局长　身体坠落的抛物线？

女记者　是的，所谓的自杀者坠落的抛物线。

警察局长　那是干什么用的？

女记者　那是为了确定，无政府主义者从窗口坠落的时候，他是活着，还是已经死亡。也就是说，他是跳楼，哪怕是小小的跳跃，还是死亡以后被抛下去的，如果是后者，那就是沿着墙壁滑落；他的手和胳膊是骨折，还是仅仅受到损伤，也就是说，所谓的自杀者是否把手向前伸展来保护自己，这是身体着地的瞬间绝对本能和自然的姿势……

穿运动夹克的警长　（打断她）是的，但请您别忘记，这儿我们面对的是一个自杀者……一个想要寻死而跳楼的人！

疯　子　啊，别这么说，在这儿我倒要说这位小姐言之有理……您看，我是很公正的。人们曾经做过许多相关的试验，检验了那些从高处跳下的自杀者的尸体，结果发现所有的人，在那生死攸关的瞬间，咔嚓……全是本能地把手向前伸展！

警察局长　（单独对他说）啊，这就是您对我们的最大支持……您是疯子吗？

疯　子　是的，这是谁对您讲的？

女记者　不过，最让人困惑不安、我极想得到解释的事实是，在预审档案中，始终找不到记录向急救站求助的准确时间的录音带……警察局总机呼叫急救站的时间，根据白十字急救站的证明，是晚上九点五十八分。而所有赶到现场的记者都异口同声说，跳楼是发生在十点零三分整……换句话说，在无政府主义者从窗口飞出以前五分钟，急救站已接到求助的电话。你们当中有谁能够向我解释这令人好奇的提前量？

疯　子　嗨，我们常常是……提前呼叫急救站……因为说不定……有的时候，就像您知道的，我们是随意试一试。

穿运动夹克的警长　（拍打他的肩膀）太棒了！

疯　子　注意眼睛……要不我的玻璃眼珠子要崩出来了！

警察局长　另外，我不明白您的指控，莫非有点预见也是罪过？反正是提前了五分钟……告诉您，在警察局一切都是提前的！

穿运动夹克的警长　我确信无疑，这应当归罪于钟表。那些新闻记者的表可能都慢了……

警察局长 也许是记下我们电话的总机的时钟慢了……

警察乙 当然，这是很可能的……

女记者 你们对钟表大加讨伐，真叫人奇怪！

疯　子 这又有什么奇怪的？我们这儿又不是瑞士……我们当中的每一个都按照自己的感觉调整自己的表……有人喜欢让表走快一点，有人喜欢让它走慢一点……我们这儿是艺术家的国度，是令人可怕的个人主义者、传统习俗的叛逆者的国度……

穿运动夹克的警长 太棒了，了不起！（拍打他的肩膀）

［听见玻璃眼珠子崩出来，滚落在地板上的声音。

疯　子 您瞧见了？我就对您说过……您猛一用力，把我的玻璃眼珠子崩出来了！

穿运动夹克的警长 （匍匐在地板上，搜寻玻璃眼珠）请原谅……我马上给您找回来……

疯　子 好在我用黑布遮着眼睛，要不谁知道这眼珠子会滚到哪里去……对不起，小姐，方才谈什么啦？

女记者 说我们这儿是艺术家的国度，是传统习俗的叛逆者的国家……嗯，我同意您的说法：主管案卷的法官们尤其是叛逆者；他们竟不屑于搜集第一手的证据，什么记录时间的录音带，什么跳楼者坠落抛物线的鉴定，统统是无关紧要的，他们也不屑于思考一下，为什么提前给急救站打电话……这些于他们统统是区区小事！包括死者脖子上一块球状的瘀斑，而出现这块瘀斑的原因还没有弄清楚。

警察局长 注意，小姐，我建议您说话不要太随意……这是危险的！

女记者 这是威胁吗？

疯　子 不，不，局长先生……我不认为小姐说话太随意……自然，她是想暗示对这些事实的某种解释，我已经在不止一个场合听到人们谈论这些事……奇怪的是，它正是从这座楼里传出去的。

警察局长 谈论些什么呢？

疯　子 人们都悄悄地谈论，说对无政府主义者最后一次审讯的时候，午夜十二点以前几分钟，在现场的某个人，好像失去了耐心，用拳头狠狠地揍了无政府主义者的脖子……(穿运动夹克的警长激动起来)别激动,警长……(继续讲述)他马上瘫倒了,发出临死前的喘息,失去了呼吸的能力。于是,他们打电话呼叫急救车,与此同时又要想法子让他活过来,便打开窗子,把无政府主义者抬到窗台上,身躯的一部分伸到窗子外面,这样,午夜新鲜的空气能够刺激他,让他苏醒过来……据说有两个人扶着他的身子……正像在这种情况下常常发生的那样,每一个人都指望另一个人……由我来扶住他?你扶好他?扑通一声,掉下去了。

[穿运动夹克的警长大怒,朝疯子走去,却踩着了玻璃眼珠子,脚下打滑,跌倒在地。

女记者 说得对,就是这样。

警察局长 您发疯了?

疯　子 是的,第十六次了,局长。

穿运动夹克的警长 天哪!我踩着什么东西了?!

疯　子 瞧您踩了什么东西……我的玻璃眼珠子!瞧,您把它弄得多脏！警长，劳驾您给我一杯水，把它冲洗一下。

［警察乙下。

女记者 你们应当承认，按照这个说法，一系列谜一样的问题就迎刃而解：为什么提前打电话呼叫救护车？为什么坠落的是一个死亡的躯体？……甚至可以弄明白：为什么检察院在它的总结报告中使用了一个非常有趣的字眼？

疯　子 什么字眼？您还是直截了当地说个明白，我被搅得头痛病都发作了！

女记者 检察院书面声明，无政府主义者的死亡，应当视为"意外死亡"。请好生注意，天哪，不是自杀，像您所说的那样。意外死亡和自杀之间有着明显的区别。另一方面，正像上尉所解释的，这一出戏，如果您愿意，也确实可以说是意外。

［警察乙上，把一杯水递给疯子，疯子全神贯注地

听女记者讲话，把玻璃眼珠子当药丸吞下。

疯　子　天哪！我的眼珠子！见鬼，我把眼珠子吞下去了……哎，但愿，它至少能治好我的头痛病。

警察局长　（对疯子上尉耳语）您现在玩的是什么把戏？

穿运动夹克的警长　（对局长耳语）您不觉得过于信任这个秃鹫似的女记者？她现在自信已经迫使我们陷入了困境。

疯　子　对不起，请允许我说两句。（对女记者）我想向您证明，这最后一种说法是完全不可靠的。

女记者　对，不可靠，正像那几个退休人员的证明，对于主管案卷的法官不可靠一样。

疯　子　这是怎么一回事？

女记者　很奇怪，您也不知道！无政府主义者提到的三位退休人员曾出具证明，在爆炸案发生的那个可悲的下午，他们和无政府主义者一起在运河边一家小酒店打牌，而我们这位法官宣布，他们的证明不可靠。

疯　子　证明不可靠？……为什么？

女记者　因为这位法官声称："证人系健康欠佳的老人，且患残疾。”

疯　子　就这样载入档案？

女记者　是的。

疯　子　怎么能说他错了呢？怎么能客观地要求，一个上年纪的，而且是因为战争，或者工作，由您选择，致残的退休者，一个老工人，注意：是老工人，能够具备哪怕一点儿心理素质？而这心理素质正是作证所必须具备的。

女记者　请给我解释一下，为什么老工人不具备？

疯　子　您，小姐，您住在哪儿？您最好别去墨西哥、柬埔寨和越南出差，为什么您不能哪怕有一次到马尔盖拉、皮奥比诺、塞斯托·圣乔万尼、日奥[1]去？您可知道老工人意味着什么？当他们退休的时候，这方面的统计材料现在越来越少了，当他们退休的时候，他们活像被挤干汁液的柠檬，像幽灵，他们的反应已迟钝到极点……就像一块抹布被扔到了一边。

女记者　我觉得您是在描绘一幅过于令人失望的图画。

① 均系意大利城市。

疯　子　啊，是么……您不妨随意朝一家小酒店看一眼，退休老人们在那儿玩纸牌，您就会听到，他们不停地互相责备，彼此侮辱，记不清楚打出的牌："倒霉的方块七，我已经打了。""不，你已经第一个出过牌了，现在轮不到你。""什么第一个出过牌了，今天才刚玩第一局……你简直是个笨蛋。""不对，你才是笨蛋……你本该把方块七当作底牌留下……可你却到邻近的牌桌去了。""什么底牌，这一回底牌是王！你是个老胡涂了！""我老胡涂了？可你以为是跟谁在谈话？""不知道。而你呢？""我也不知道。"

女记者　啊，夸大其词了。我们暂且不去品尝这滑稽可笑的乐趣吧……如果退休老人们已经沦落到这个地步，那还能怪罪他们吗？

疯　子　当然不能，这是社会的罪责！但我们丝毫不想在这儿审判资本主义和老板们，我们在这儿主要讨论那些证人是否可靠！如果一个人沦落到这个地步，那是因为对他的剥削太过分，或者因为他在工厂里遭遇了工伤事故，这都同我们这些秩序和正义的信奉者毫无干系。

警察局长　好极了，上尉！

疯　子　你可有法子给自己弄到维生素、蛋白质、砂糖、脂肪和磷酸钙来增强记忆力？……那对你就更糟糕，我作为法官要对你说声“不”……我很遗憾，但是你出局了，你是个二等公民。

女记者　嘿，瞧瞧，说来说去还是阶级论冒出来了，尽是些关于阶级特权的高论。

疯　子　（慢慢走到办公桌后面）谁会支持相反的观点呢？是的，说实话，我承认，我们的社会是划分阶级的……就拿证人来说吧，就有头等、二等、三等和四等证人。年龄从来不是一个问题……简直是拿上帝开心！一个人十年寒窗，大学毕业为了什么？当个享有优惠待遇的股东又有什么意思？莫非就是为了得到跟饿死的退休老人一样的下场？结果是人人都说，在意大利没有人再信任里拉！

［疯子上尉从写字桌后面走出来，我们发现，他有一条海盗式的木腿。所有人把目光投向他，目瞪口呆。疯子上尉沉着地说道：

疯　子　越南，贝雷帽……可怕的回忆！但我们不必再谈论这些往事了。

［办公室门打开，贝托佐警长走进来。他的一只眼睛蒙着绷带。

贝托佐警长　对不起，我打扰你们了吗？

警察局长　请进，请进，贝托佐警长……请坐。

贝托佐警长　我只需把这盒子放在这儿。（展示一个金属小盒子）

警察局长　这是什么玩意儿？

贝托佐警长　在银行爆炸的炸弹仿制品……

女记者　啊，我的上帝！

贝托佐警长　别害怕，小姐，雷管已经卸掉了。

警察局长　好样的……把它放在那儿……（温和地）把手伸给您的同事……还有您、警长……上这儿来，言归于好吧。

贝托佐警长　和好什么，局长先生……至少要让我知道，他为什么要跟我生气，把我的眼睛都打瞎了……

［局长用胳膊肘捅他。

穿运动夹克的警长　噢，您不知道，那咂舌头的声音？

贝托佐警长　什么咂舌头的声音……？

警察局长　够了……这儿有外人……

疯　子　正是……

贝托佐警长　可局长先生，我只想弄明白，他冲我生气……他走了进来，连“晚上好”都不说一声……嘭！

疯　子　是啊，至少可以道一声“晚上好”。您是占理的。

贝托佐警长　哎哟，您瞧……（仔细观察疯子）对不起，可您……我觉得您的脸很熟。

疯　子　或许是因为我们俩的眼睛都蒙着一块布。

众　人　（大笑）哈……哈……

贝托佐警长　不，不，别开玩笑了……

疯　子　请允许我自我介绍：警察局科技处马卡托尼奥・班齐・皮齐尼上尉……

贝托佐警长　皮齐尼？不……不可能……我认识皮齐尼上尉……

警察局长　（轻轻踢他一脚）不，您不认识他。

贝托佐警长　我不认识他？……您是要开玩笑吗？

穿运动夹克的警长　不，你就是不认识他。

［局长轻轻踢了贝托佐一脚。

贝托佐警长　听着，你又要开始发难……

警察局长　让他说下去……

［警长轻轻踢了贝托佐一脚。

贝托佐警长　他是我同班同学。

［挨了疯子上尉一脚。

疯　子　可已经对您说了，让您说下去！（拍拍他的脑袋）

贝托佐警长　嘿，听我说！

疯　子　（指指警长）是他。

［局长把贝托佐拉到一边，面对女记者。

警察局长　请允许我向您介绍这位……（低声）以后我给您解释……（一字一句地强调说）这位菲莱蒂小姐，新闻记者。（用胳膊肘捅他）您现在明白了吗？

贝托佐警长　很高兴认识您。贝托佐警长……（对局长）不，我不明白。（局长轻轻踢他一脚，疯子上尉好像来了劲儿，给了他一脚，也给了局长一脚。同时，疯子上尉拍拍贝托佐的脑袋，又拍拍穿运动夹克的警长的脑袋。贝托佐认定是穿运动夹克的警长所为）您瞧，局长先生，您瞧，总是他先发难！

［疯子最后又拍拍女记者的臂部，然后指指局长。

女记者　听我说！您知道这是什么行为？

警察局长　（以为贝托佐要争吵）您是对的，但我不知道怎样解释才好……贝托佐，您别动，听我说！小姐上这儿来是为了做一次非常重要的采访，明白吗？（轻轻踢他一脚，向他挤挤眼睛）

贝托佐警长　我明白。

警察局长　小姐，如果您还想向他提什么问题……警长是一位极其出色的弹道学和爆炸学专家。

女记者　噢，是的，请您满足我的一份好奇心……您方才说，那盒子是银行爆炸案的仿制炸弹。

贝托佐警长　唉，这只是很近似的仿制品，因为所有原来的装置都丢失了。您可以理解我……

女记者　但有一枚炸弹当时并未爆炸……（一直在记笔记）

贝托佐警长　是的，商业银行的那次爆炸案……

女记者　请您向我解释一下，为什么不像通常那样，把炸弹的雷管卸下，交给警察局科技处，这样可以对它进行彻底的研究，反而让人马上跑到院子里，把它埋起来，进行引爆？

贝托佐警长　请原谅，您为什么向我提这个问题？

女记者　您比我更清楚为什么，警长……这样做，不仅是炸弹，而且连带凶手的身份也毁掉了……

疯　子　没错，正像有人说的："告诉我，这炸弹你怎么造的，我就告诉你，你是谁。"

贝托佐警长　（摇头）不，他不是皮齐尼。

［疯子拿起装炸弹的盒子。

警察局长　（恼火地，低声）当然，他不是皮齐尼！你别多嘴！

贝托佐警长　啊，我感觉真好。那他是谁？（挨了好几脚）

疯　子　如果贝托佐警长允许，我想以警察局科技处负责人的身份……（拿起盒子）

贝托佐警长　您想哄骗谁？您打算干什么？……把那盒子放下……很危险！

疯　子　（轻轻踢他一脚）我是警察局科技处的……带到那儿去检查。

警察局长　您果真想这么做？

［疯子轻蔑地瞧了他一眼。

疯　子　您瞧，小姐，这样的炸弹极其复杂……您瞧，有许多线路，两根雷管……定时装置……火药，操纵杆……它是如此之复杂，完全可以隐藏第二套定时爆炸装置，谁也发现不了，只有把整个炸弹一片片拆开来，那需要一整天的时间，谁相信我……而这个时候，“嘭”！

警察局长 （对贝托佐警长）看来真是个技术专家，您说呢？

贝托佐警长 （固执地）没错，但他不是皮齐尼……

疯　子 这就是为什么宁可像您说的那样把凶手的身份毁掉……也要在警察局院子里引爆炸弹……避免在人群中爆炸，造成更加可怕的流血事件……您信服了吗？

女记者 是的，这一回您确实说服我了。

疯　子 我也说服了我自己。

穿运动夹克的警长 我也信服了，这真是绝妙的解释。（拉住疯子的手，用力握着）

［木头假手落在他的手里。

疯　子 您瞧，把我的手卸下来了。我对您说过，这是一只假肢！

穿运动夹克的警长 对不起。

疯　子 现在就剩下卸我的假腿了。（一面说，一面把假手重新拧上）

警察局长 （对贝托佐警长）您也谈一谈，贝托佐，让大家知道，

我们这儿也没有睡大觉。(拍拍他的肩膀以示鼓励)

贝托佐警长 当然。真正的炸弹是相当复杂的。我见到过。远比这枚炸弹复杂,都是高层次的技术专家……或者说专业人员的研究成果。

警察局长 (低声)小心!

女记者 专业人员?或许就是军事专家?

贝托佐警长 非常可能。

[其余三人一起轻轻踢他一脚。

警察局长 讨厌的家伙……

贝托佐警长 哎哟!干什么?我说了什么啦?

女记者 (结束记录)好,很好,这就是说,你们已经掌握了这样的事实:为了生产和操作这样的炸弹,需要掌握专业人员,甚至是军事专家的熟练技术与经验,可你们还是不顾一切地去整那些为数不多的无政府主义者,而完全抛弃了所有其他的线索……徒劳无益地去追究他们的政治色彩和倾向!

疯　子 是这样,如果您赞同贝托佐的说法……不过,他没有资格充当权威……因为他不是货真价实的爆炸专家……他表现出这样的兴趣,只是为了业余的消遣!

贝托佐警长 (委屈地)什么业余消遣?怎么,说我不是内行?……可您懂得什么?……您到底是谁?(转向两位同事)他是谁?……你们愿意告诉我吗?

[两人又踢他几脚,迫使他坐下来。

警察局长 很好……

穿运动夹克的警长 安静……

女记者 请您安静,警长……请别激动,我相信,您讲的一切都是真实可信的。同样真实可信的是,整个司法和执法机构都一哄而上,去指控,请允许我这样来表述,一伙最狂妄、最冲动的糊涂蛋,一群竟求助于一个舞蹈演员的无政府主义者!

警察局长 您说得对,那是一群糊涂蛋。但这是一堵特殊的、不引人注目的墙。

女记者 可在这堵墙的后面发现了什么呢?这个团伙的十个人当中,就有两个是你们的人:两个告密者,或者说，奸细和挑唆者。一个是除了我们这些天真无邪者以外，尽人皆知的罗马法西斯分子，另一个是伪装成无政府主义者的安全部门的密探。

疯　子　是的，说到那个伪装成无政府主义者的密探，我不明白，从前我们怎会信任他的。我认识他，简直是绝顶聪明的人，如果你问他巴枯宁是谁，他会回答你，这是一种不带窟窿的瑞士奶酪！

贝托佐警长　（旁白）这家伙什么都知道，什么人都认识，真让我恼火……（观察他，说）可我认识他！

警察局长　上尉先生，我绝对不同意您的说法，我们那位密探，其实是个非常优秀的人！精通业务！

女记者　你们是否让许许多多这样精通业务的密探四处潜伏，打入各个在野的党派？

疯　子　（唱）“秃鹫飞走吧……”

警察局长　我可以直截了当地告诉您，是的，我们有许许多多这样的密探，哪儿都有！

女记者　嘿，嘿，局长先生虚张声势。

警察局长　一点儿不！我对您直说吧，像往常一样，今天晚上在观众当中（指指观众席）也有我们的人……您

想见识一下吗?(拍手)

[从观众席的不同位置传来不止一个人的声音。

众　人　(齐声)局长先生,请吩咐!我们听从您的指挥!

[疯子大笑,转身面向观众席。

疯　子　诸位别害怕,这些都是演员……那些真正的奸细正坐在你们当中,一声不吭。

警察局长　您看见了吗?轻而易举!密探和奸细是我们的力量所在。

穿运动夹克的警长　他们起着防范的作用,监视那些……

疯　子　挑唆人们去作案,然后以此为借口进行镇压。(警员们都猛地转过身来)我只是预先说出小姐显而易见想说的话。

女记者　是的,岂止是显而易见!不管怎么说,既然你们完全控制着那个古怪的团伙的每一个成员,可他们怎么会成功地实施了这样一次复杂的突然打击,而你们竟然没有能力干预和阻止？

疯　子　（侧身，对其余三人）注意，秃鹫现在要进攻了。

警察局长　事情是这样的，在那些日子里，我们的密探离开了那个团伙……

疯　子　没错，他还有家长的亲笔签名呢。

穿运动夹克的警长　请您……（低声地）法官先生……

女记者　可另一个密探，那个法西斯分子呢？他没有离开，不是吗？我们确实知道，罗马的法官认定他是组织者和挑唆者，负有主要责任；按照这位法官的说法，他利用那些无政府主义者的愚蠢，诱导他们去实施一项其犯罪性质不容置疑的凶案。自然，这都是法官的见解和说法。

疯　子　扑通……秃鹫来了……

警察局长　我不妨对您说，您提到的那个法西斯分子，确实不是我们的密探。

女记者　那怎么可能？当时他不是频繁出入罗马警察局，尤其是警察局的政治处吗？（从公文袋中取出几张纸，开始翻阅）

警察局长　这是您的说法……我不清楚。

疯　子　（把手伸给局长）好，绝妙的防卫！

［局长握他的木头手臂，不料拽下了他的假肢。

警察局长　谢谢！……可，这是您的手……我真遗憾！

疯　子　（无所谓地）您拿着吧，我还有另外一只。（掏出一只女人的手）

穿运动夹克的警长　这是女人的手！

疯　子　没关系，这假肢男女通用。（把假肢拧上）

女记者　啊，您不清楚？您难道也不清楚，迄今发生了一百七十三起爆炸案，平均每个月十二起，每三天一起；在这一百七十三起凶案中（念手中的一份材料），有一百零二起经查明是法西斯分子策划的，而在余下的七十一起凶案中，一多半有着可靠的犯罪线索，也同样是由法西斯分子或者相似的组织策划的？

疯　子　（用手掌做成扇形，在下巴下面扇动）太可怕了！

贝托佐警长　（自言自语）我认识他……现在我就撕下他的绷带！

疯　子　（嘲讽地）您用这些明显的挑衅，想达到什么目的呢，小姐？让别人接受您的想法，我们这些警察不要因为那四个暴露的无政府主义者而误入歧途，应当认真去追究另外一些更加可信的线索，如得到工业家资助、获得希腊和周边国家军人指点和支持的一些准军事组织，那样也许就会理出一团乱麻的头绪来？

警察局长　（对焦躁不安的贝托佐）别操心……现在他突然改变调子。这是他的拿手好戏，我现在很理解！耶稣会修士的雄辩术。

疯　子　如果您这样想，我就对您说，是的……您说得对……如果走另外一条路，那些蠢事也就昭然若揭了！哈！哈！

贝托佐警长　打倒耶稣会雄辩术！

警察局长　（对疯子）他疯了？

贝托佐警长　（精神焕发）发疯？（跳出来）疯子……瞧，谁是疯子？他就是！

女记者　从一个警察嘴里说出来的这些见解……我坦率对您说……令人困惑！

贝托佐警长 （拽住局长的袖子）局长先生，我认出那家伙是谁了，我认识他。

警察局长 得，您自个儿认出他就行了，不许到处乱说。（突然丢下贝托佐，走到疯子和女记者跟前）

贝托佐警长 （把穿运动夹克的警长拉到一边）我向你发誓，我认识那个家伙……他从来没有在警察局待过。这一回乔装打扮混了进来。

穿运动夹克的警长 我知道，你并没有告诉我什么新鲜的东西。不过，你别让女记者听见了。

贝托佐警长 可他有毛病……你不明白？

穿运动夹克的警长 你才有毛病，你让我一点儿也弄不清别人说的事情了，闭上你的嘴！

疯　子 （很活跃地跟局长、女记者谈话，继续说）当然，您是一位记者，在这样的案件中自由自在得着实让人羡慕……只是有一件事情您会觉得不舒服，即您发现，银行爆炸案中众多无辜者的死亡，仅仅是有助于平息那多事之秋的斗争，有助于制造紧张局势到这样的地步，迫使那些对如此频繁的犯罪活动愈来愈厌恶和愤怒的市民主动要求有一个强有力的国家！

穿运动夹克的警长　我记不得了，是否在《团结报》或者《继续斗争》[1]上读到过这样的观点。

贝托佐警长　（走到疯子的身旁，突然撕下他蒙眼的绷带）瞧这儿！你们看见了吧，他有眼睛！

警察局长　您发疯了？他当然有眼睛！为什么他不应该有？

贝托佐警长　那为什么他要蒙上绷带，如果有眼睛的话？

穿运动夹克的警长　那你的眼睛上也蒙了绷带，谁也没有把它扯下来！（把他拉到一边）你安分点儿，我待会儿对你解释。

女记者　噢，真有趣儿，您把眼睛蒙上绷带是为了标新立异？

疯　子　不！是为了不引人注目。（笑）

女记者　哈，哈……太妙了……请您接着谈，对我谈谈由此会引发的轰动性后果。

疯　子　啊，没错……由此引发的轰动性后果……大丑

---

① 原意大利左派报纸。

闻……许多右派人士被捕，进行审判……一大批头面人物受到牵连……众议员、参议员、将军……社会民主党人痛哭流涕，《晚邮报》更换社长……左派要求宣布法西斯分子为非法……还有……警察局头头因果断采取行动而受到褒奖……稍后被打发退休。

警察局长 不，上尉……这是您的推论……您听我说……这多少缺乏根据……

女记者 这一回我同意您的意见，局长先生……我想，这样轰动的事件将有助于提高警察的威信。公民们会有生活在一个好国家、一个较少非正义的公正国家里的感觉……

疯　子 噢，是的……该知足了！老百姓要求真正的公正吗？我们则采取行动，让他们满足于较少的非正义；工人们嚷嚷，要结束野蛮剥削的耻辱，我们则努力让这种剥削少一点儿野蛮的气息，让工人们不再感到耻辱，但依旧遭受剥削；工人们要求工厂里不再死人，我们则采取一些保护措施，并给死难者家属增加一点抚恤金。人们要求消灭阶级……我们则想办法消除阶级之间的巨大差异，或者说不让这种差异过于扎眼！人们需要革命……而我们则要去搞改良……五花八门的改良……把他们淹没在改良之中。或者说，我们用种种改良的许诺去堵他们的嘴，因为连改良我们也永远不会去做的！

警察局长 这个人完全是个疯子！

贝托佐警长 没错儿，他就是个疯子……已经一个小时了，我一直这么对您说！

疯　子 瞧，普通市民仅仅关心让那些肮脏的事儿销声匿迹……而他呢，只求把这些事情抖搂出来，爆发出轰动一时的丑闻，让众人议论纷纷……对于他来说，这就是最真实的自由和最巧妙的办法，哈利路亚！

贝托佐警长 （拽住疯子的木头腿，摇晃他）你们瞧这条腿……没看出来这是假的？

疯　子 当然是假的……准确地说是核桃木做的。

警察局长 我们都明白！

贝托佐警长 整个儿是假装的，它绑在腿上！（准备去解开带子）

穿运动夹克的警长　别冒失……住手！你想把它卸下来?

疯　子　随他去吧……让他替我解开……谢谢您……我整条腿都发麻了。

女记者　你们为什么老是打断我的谈话?你们以为,就因为他有一条假腿,就足以让我认定他是个可卑的人了吗?

贝托佐警长　不,只是为了让您明白,他是个自吹自擂的家伙,患了伪君子症,他从来就不是什么残疾军人,也不是什么上尉……

女记者　那他是谁?

贝托佐警长　他只是……

[局长、警察乙和穿运动夹克的警长一起跑过来,把贝托佐拖走,按在写字桌后面的椅子上,把电话听筒塞到他的嘴边。

警察局长　对不起,小姐,有人找他听电话。

[在房间的右侧,女记者和疯子上尉继续谈话,并不注意这四个人。

警察局长 您怎么不明白应该守口如瓶？如果小姐发现了这反调查，我们就完蛋了！

贝托佐警长 什么反调查？（众人又把电话听筒塞到他嘴边）喂？

穿运动夹克的警长 你问我？那你干吗吹牛说什么都知道，其实一无所知？叽叽咕咕，叽叽咕咕，乱弹琴……

贝托佐警长 不，不，我不是乱弹琴……我想知道……

警察局长 住嘴。（用电话听筒敲他的手）打你的电话，别啰嗦！

贝托佐警长 哎唷……喂，您是谁呀？

女记者 （此间一直在和假上尉谈话）啊，真有趣儿！局长先生……

贝托佐警长 可是并没有人呀！

女记者 ……您不必再担心了，上尉……

疯　子 哦！

女记者 ……上尉全都对我讲了！

警察局长 他对您讲了什么？

女记者 他的真实身份！

穿运动夹克的警长和警察局长 他都对您讲了?

疯 子 是的,我不能再继续撒谎……如今……她凭直觉明白了。

警察局长 但她至少会向您保证,不会在报纸上捅出来,是吗?

女记者 我当然会写成文章!(查她的记录)听着,这就是我的文章:"在警察局的办公室里,我遇见了一位穿便服的大主教!"

穿运动夹克的警长和警察局长 一位大主教?

贝托佐警长 穿便服?

疯 子 是的,请原谅,如果我一直向你们隐瞒了这一点。(从容不迫地露出僧侣服的圆衣领和黑袍的前胸,掏出一顶红色圆形平顶无边帽子,很认真、规范地戴在后脑勺上,又解开外套的钮扣,露出一枚金银制的十字架,又戴上一只镶有紫宝石的大戒指。

贝托佐警长 (用手拍打自己的前额)摇身一变,现在又成了大主教!你们不会相信他吧?

[穿运动夹克的警长抓起一枚大印章,塞进他的嘴里。

疯　子　请允许我自我介绍：圣菲的马里奥皮奥·马尔马里奥·马里亚诺·罗萨里奥·马利亚·韦尼耶神甫，教廷派驻意大利警察部门的观察员。（伸出戴戒指的手，让立即迫不及待地跑过来的穿运动夹克的警长和局长亲吻）让警察们都来找我。

贝托佐警长　（拔出塞进嘴里当奶嘴的印章，走向前去）派驻警察部门的观察员？这太荒唐了！

［穿运动夹克的警长再次把假奶嘴塞进他嘴里，把他拉到一边。

疯　子　在最为神圣的教皇经历了罗马的谋杀，以及最近在卢尔德刺杀未遂之后，您明白，这是一种升级……

穿运动夹克的警长　我们也知道，这全是一派胡言……可他特地打扮成大主教，就是为了拯救我们……明白吗？

贝托佐警长　为了拯救我们？你莫非得了不可思议的毛病？你可是灵魂需要拯救？

穿运动夹克的警长　别嚷嚷，快吻戒指！（强迫他把嘴巴凑近疯子的手掌）

贝托佐警长　不，看在上帝的分儿上！

疯　子　看在上帝的分儿上，来吧！

贝托佐警长　不！我拒绝！

［穿运动夹克的警长和警察乙动作异常敏捷地拿出很宽的橡皮膏，不由分说粘在贝托佐的嘴巴上，封住了他鼻子以下的半个脸孔。

女记者　他怎么啦？真可怜。

疯　子　我想……他是犯病了。（掏出一本《日课经》，一支针筒，上前给贝托佐打针）按住他，这是本笃会修士制的镇静剂……肯定会使他感觉好些……

警察局长　本笃会修士制的？

疯　子　是的。（以眼镜蛇似的敏捷给贝托佐打了一针，随后取出针筒，瞧了一眼）还剩了一点儿……您也来一针？（不等局长回答，便以斗牛士般的灵巧给他打了一针）

[局长痛苦地呻吟。

女记者 阁下，您也许不会相信，方才您谈到那些丑闻曾情不自禁地说："这是最巧妙的办法，哈利路亚！"我马上就评论说："啊哟，这是神甫说话的口气！"您不会生气，是吗？

疯　子 我为什么要生气？我确实是以神甫的口气说了一番话，因为我是神甫。（贝托佐用酒精笔在总统肖像的背面写道："他有谎言癖，是个疯子！"）圣格列高利一世刚一当选教皇，他就发现一些人采用种种计谋和非法手段来掩盖那些严重的丑闻，不禁勃然大怒，厉声说出了这样的名句："Nolimus aut velimus, omnibus gentibus, justitiam et veritatem ..."

女记者 请原谅，阁下，我当年考拉丁语，连续三次都考砸了。

疯　子 简单地说，教皇格列高利一世这番话的意思是："不管人们是否乐意，我要人们都接受正义与真理，我将竭尽全力让那些丑闻用最轰动的方式爆发出来……"

穿运动夹克的警长和警察局长 阁下！

［贝托佐警长站在疯子大主教背后，展示他写下的字句。

疯　子　……你们不必害怕，从腐败中将建立权威。让丑闻发生吧，一个更持久的国家政权将由此诞生！

［此时，穿运动夹克的警长从贝托佐手里夺过背面写了字句的总统肖像，把它撕毁。贝托佐离去。女记者站在疯子大主教背后，认真注视并琢磨格列高利教皇名言的含义。

女记者　总而言之，可以得出这样的结论，当没有丑闻的时候，就需要制造出丑闻来，因为这是让被压迫者宣泄自己的情绪，维护政权的最奇妙的手段。真了不起！能劳驾您给我完整地写在……这儿吗？

［疯子大主教把格列高利一世的名言写在女记者的笔记本上。

疯　子　正是这样，需要释放和净化一切紧张不安……而你们，自由独立的新闻记者，就是劳苦功高的牧师。

女记者　劳苦功高？得，这跟我们的政府毫不相干，每当我们揭发了一件丑闻，我们的政府就惶惶不安，急急忙忙去灭火。

［贝托佐手里拿着一把手枪入场。

贝托佐警长　举起手来……靠墙站着，要不我开枪了！

女记者　啊，我的上帝！

穿运动夹克的警长　贝托佐，你发疯了？

贝托佐警长　我说了，举起手来……您，局长先生，也举起手来……

警察局长　镇静，贝托佐！

贝托佐警长　需要镇静的是您，局长先生，您不用害怕……（从写字桌里取出一串手铐，交给警察乙）往前走，你把他们一个个都铐在晾衣架上！（办公室尽头果然有一根挂着的晾衣架，所有在场的人一只手戴上手铐，手铐的另一头锁在架子上）不要用那样的表情瞧着我，过一会儿你们就会明白，这是我唯一能采取的行动，迫使你们听我的话。（对警察乙，他正犹豫，是否给女记者也上手铐）没错，把小姐也铐上……还有你，（转向疯子）现在要劳你的驾，我亲爱的下流坯，向在场的先生们说清楚，你究竟是谁……你让我讨厌透了，要不，我开枪打穿你的牙床……明白吗？（警察们和女记者都想对这种如此无礼的举动表示不满）住嘴……你们统统住嘴！

疯　子　很乐意，但我担心，如果我就这样口头谈……也许他们不相信我。

贝托佐警长　哼，莫非你想唱给他们听吗？

疯　子　不，只要把文件给他们看就足够了……还有精神病治疗手册，等等。

贝托佐警长　好吧……它们在什么地方？

疯　子　在那只包里。

贝托佐警长　朝前走，你去取出来，休要冒险，要不我就宰了你！

［疯子取出半打各式各样的手册和案卷。

疯　子　都在这儿。（把它们递给贝托佐）

贝托佐警长　（接过这些材料，把它们分发给铐上手铐的人，他们的左手都是自由的）给你们，先生们……好生看看就会相信了。

警察局长　不！原先是美术教师！？职工医疗互助会会员？妄想狂患者？！啊，他是个疯子！

贝托佐警长　（叹气）整整一小时，我都这么提醒你！

穿运动夹克的警长　（看另一本手册）伊莫拉、沃盖拉、瓦莱塞、哥里齐亚、帕尔马[①]精神病院……他都去过！

疯　子　没错，疯子作的环意大利之游。

女记者　十五次电休克治疗……二十天隔离……三次危象……

警察乙　（看一张材料）放火狂症患者！十次蓄意纵火！

疯　子　十一次！

女记者　您要看看吗？纵火焚烧亚历山大图书馆，埃及！嘿，这是发生在公元前二世纪的事！

贝托佐警长　这不可能！给我！（看材料）这是他用手写的

---

① 均系意大利城市。

字，从埃及这两个字开始，是后加上去的，您没有看出来吗？

警察局长 他除了是个诈骗者、冒名顶替者……有演员狂症……还是一个伪造者……（对正心不在焉地坐着，大包安放在膝盖上的疯子）我要以盗用圣职与公职的罪名把你打发到牢里去！

疯 子 （狡黠地）唏……唏……（做出否认的示意）

贝托佐警长 没什么法子，他是领到执照，得到认可的……我早知道了！

女记者 太遗憾了，我已经构思了一篇非常漂亮的文章……全给他毁了！

穿运动夹克的警长 让我来毁了他……贝托佐，劳驾替我松开这手铐……

贝托佐警长 好极了，这样你就名副其实地被毁了……你应当知道，在我们这儿，疯子就像印度的神牛，谁碰了他们，他们就向谁发动攻击！

警察局长 这个恶棍，犯罪的疯子……竟乔装打扮成法官……进行反调查……我只要想起他让我承受的刺激……

疯　子　不，那还算不上什么大刺激，尤其是跟马上要出现的刺激相比，你们瞧瞧这儿！（从包里取出贝托佐遗忘在桌子上的装炸弹的盒子）你们数到十，我们一起炸个血肉横飞！

贝托佐警长　你玩的什么花样？……别干傻事！

疯　子　我是疯子，不是傻瓜……掂量掂量我的话，贝托佐……把手枪扔掉……要不我只要动一动手指头，先下手为强！

女记者　我的上帝！求求您，疯子先生……

警察局长　别上当，贝托佐……这是一枚卸掉雷管的炸弹……它怎么会爆炸？

穿运动夹克的警长　没错……别上当！

疯　子　那么，贝托佐，你应当明白的……虽然你文化水平低下……你瞧瞧可有雷管……瞧这儿……没有看见吗？这是个声控装置。

贝托佐警长　（立即泄了气，手枪和手铐钥匙掉在地上）声控装置？可你是从哪儿弄来的？

［疯子捡起手枪和钥匙。命令贝托佐戴上手铐。

疯　子　我早就有了……(指指大包)这里面我要什么有什么！我甚至还有一台录音机，录下了从我进来以后你们所有的谈话。(掏出录音机，展示给众人看)这就是！

警察局长　你想用它来做什么？

疯　子　我把带子录制一百遍，把它们寄给各个党派、报纸、政府各部，反正到处寄送，哈……哈……这也将是一枚重磅炸弹！

警察局长　不，您不能做这样的事情……您很清楚地知道，我们所有的声明都是虚假的、扭曲的，都受了您这个假法官的挑唆。

疯　子　谁也不会理睬这些……最重要的是要引发丑闻……不管您是否乐意！意大利人将和美国人、英国人一样，成为社会民主主义者，成为现代人，并且最终能够大声呼吁道："是的，我们被粪便淹没到了脖子，正因为如此，我们将昂首挺胸前进！"①

穿运动夹克的警长　好的，您想怎样就怎样吧……不过，请

① 此为旧版剧终之处。下文为新版增添内容，由魏怡女士翻译。

您……立刻把那个炸弹拆了……

疯　子　不，我会把它留在这儿……它可以挡住你们，直到我完全逃出你们的魔爪为止……

众　人　不！

疯　子　出门之前，我会按下这个按钮……

众　人　不！

疯　子　……然后，我踮着脚尖出去……

众　人　不！

疯　子　……而你们要屏住呼吸待在这里……因为，假如某个人稍稍挪动一下脚步去报警……一切都会被炸到天上，连你们的一个扣子都找不到！因为它是……

众　人　是？

疯　子　……声……

众　人　……声……控的！

［突然，灯光熄灭了。

女记者　发生什么了？谁把灯关了？

疯　子　是谁？……不要开玩笑……把手放下！不……救命！！！

［只听一声喊叫从舞台以外传来，接着是一声爆炸，始终在舞台以外，好像是来自院子里。

警察局长　天哪……疯子应该是把炸弹丢下去了！你们能把灯打开吗？

穿运动夹克的警长　慢点，慢点……应该是出了点毛病……贝托佐……你就在开关旁边，试一试……

［此时，灯光重新亮了起来，能够看到贝托佐警长的手放在开关上面。

警察局长　噢！终于！

贝托佐警长　是啊，谁知道发生了什么？

女记者　疯子？他不见了？

穿运动夹克的警长　应该是出去了……

警察乙　门是关着的？

贝托佐警长 （试试门把手）是关着的，锁住了！

穿运动夹克的警长 他应该是出去了……从窗户！

众　人 从窗户？！

女记者 噢，你们看看，我的手腕太细了，手铐自己掉了！！！

警察局长 您真幸运……我们可不行……我们做不到，钥匙还在那个疯子的口袋里！赶快，去窗户那里看看……

女记者 （跑过去探出头）……那里有一群人……疯子，可怜的人……他在外面的地上，躺在那里！太可怕了！怎么可能发生这种事？（转向局长）局长先生，您有什么要说的吗？（她立刻恢复了新闻记者的身份，把麦克风递到他面前）

警察局长 不，我刚刚出去了……

女记者 您说什么？您被手铐拴着，怎么可能出去？

警察局长 该死！啊，对，您说得有理……我太累了……我和上一次的事情搞混了……

穿运动夹克的警长 无论如何……您是那个可怜人跌下楼去的证人，我们既没有过错，也没有任何责任！

众　人 没有任何责任！

女记者 当然……你们都戴着手铐……现在，我也要重新看看在这次坠落事件中，我自己待过的所有位置。

警察局长 拜托！所有人都会出错！

穿运动夹克的警长 我认为，在此类情况下，这个疯狂的举动应该归咎于“爆发狂”。

女记者 嗯？……也就是说疯子被出其不意的黑暗吓到了。

穿运动夹克的警长 尽管微弱，但窗户是唯一的光源，而他正是朝着窗户扑过去，然后就像一只疯狂的鲸鱼一样冲了下去！

警察局长 是蛾子，警长！

女记者 当然，只能是这么回事。我立刻赶回报社去发消息。

警察局长 去吧，去吧！请……请……不要客气……再见……

穿运动夹克的警长 发生了这么多事……假如您还需要我们……我们永远待命。

警察乙 把我们写进去！

贝托佐警长 小姐，再见。

[如此说着，贝托佐警长无意间摘下手铐，把它递给女记者，然后吻了她的手，接着打开门。女记者注意到了这一点，有片刻的迷惑。

女记者 谢谢，再见！（走出去）

贝托佐警长 （对穿运动夹克的警长）漂亮女人，对吧？（穿运动夹克的警长拍了一下他的脑袋）你为什么拍我脑袋？你觉得我不应该吻她的手吗？你怎么啦，嫉妒吗？你真是吹毛求疵，哎！

[有人敲门。所有人立刻把手铐戴上。敲门声继续。

众　人 请进。

[门打开了，扮演疯子的那个演员重新出现。他的胡子又黑又硬，挺着个大肚子，表情严肃，带着一个包。

胡子男　打扰你们吗？……这里是政治一处……警长的办公室吗？

众　人　（摘掉手铐，围在他身边）又是你！

警察局长　您没有摔得粉身碎骨？

警察乙　您难道是只猫？

贝托佐警长　胡子是假的，肚子也是假的！

穿运动夹克的警长　这次我要把它撕下来，让您把它吃了。

［众人一起袭击他。

胡子男　（大声喊）上帝！这是什么态度！！！（把他们推开）

穿运动夹克的警长　天啊，胡子是真的！

贝托佐警长　当然，肚子也是真的！

警察乙　对不起，我们把您当成另一个人了……你们真像！

胡子男　嘿！我说！你们就是用这种态度，迎接来做调查的法官吗？

［警察们重新把手铐戴上。

穿运动夹克的警长 来做调查的法官?

警察乙 您是法官?

贝托佐警长 做调查?

胡子男 是,有那么吃惊吗?我是最高法院的法官,到这里来是为了重新调查无政府主义者的意外死亡一案。要是咱们立刻开始,你们不会不高兴吧?啊,我还没有自我介绍,我叫加拉辛提,安东尼奥·加拉辛提,安东尼奥·菲利普·马可·马利亚·加拉辛提。

[四个警察跌倒在地。黑暗。音乐中断。闹剧结束。

图书在版编目(CIP)数据

一个无政府主义者的意外死亡/(意)福著;吕同六译.
—上海:上海译文出版社,2016.3(2025.7重印)
ISBN 978-7-5327-7089-2

Ⅰ.①一… Ⅱ.①福… ②吕… Ⅲ.①长篇小说-意大利-现代 Ⅳ.①I546.45

中国版本图书馆 CIP 数据核字(2015)第 251913 号

Dario Fo
Morte accidentale di un anarchico

图字:09-2014-962 号

一个无政府主义者的意外死亡
Morte accidentale di un anarchico

DARIO FO
达里奥·福 著
吕同六 译

出版统筹 赵武平
责任编辑 李月敏
装帧设计 张 胜

上海译文出版社有限公司出版、发行
网址:www.yiwen.com.cn
201101 上海市闵行区号景路159弄B座
江阴市机关印刷服务有限公司印刷

开本 850×1168 1/32 印张 4.5 插页 6 字数 44,000
2016 年 3 月第 1 版 2025 年 7 月第 15 次印刷

ISBN 978-7-5327-7089-2
定价:42.00 元